Ceux qui ne meurent jamais

DE LA MÊME AUTRICE

DANA GRIGORCEA

Ceux qui ne meurent jamais

roman

Traduit de l'allemand (Suisse)
par Élisabeth Landes

LES ARGONAUTES
éditeur

fondation suisse pour la culture

prohelvetia

Avec le soutien de la Fondation suisse pour la culture Pro Helvetia

*Pour en savoir davantage sur Les Argonautes Éditeur
et suivre l'actualité de la littérature européenne,
abonnez-vous à la newsletter sur notre site.*
www.argonautes-editeur.fr

Pour Cornel

« Lorsqu'ils deviennent tels, ils sont frappés de la malédiction d'immortalité ; ils ne peuvent pas mourir, mais doivent partir, siècle après siècle, à la recherche de nouvelles victimes et multiplier ainsi les maux et malheurs du monde. Car tous ceux qui meurent victimes d'un non-mort deviennent eux-mêmes des non-morts condamnés à rechercher de nouvelles proies. Et ainsi le cercle va s'élargissant, comme ceux que dessine une pierre lancée dans l'eau. »

Bram Stoker, *Dracula*

I

Johnny et sa mort

S'il me faut à tout prix raconter cette histoire, c'est aussi parce que, l'ayant intimement vécue, je vois combien sont faux les comptes-rendus qu'elle inspire. À cela il y a maintes raisons – recherches bâclées, incompétence journalistique, soif de sensation et, de toute évidence, intérêts privés –, je ne m'y étendrai pas, car ces choses m'accablent d'une résignation qui porterait préjudice à mon récit. Je me bornerai aussi à nommer tout simplement B. le lieu où tout ça s'est produit, d'une part pour ne pas ajouter encore à sa douteuse notoriété, de l'autre parce que cette histoire si emblématique de notre morale valaque eût assurément pu se dérouler dans bien d'autres régions du monde.

Pour la situer à ceux d'entre vous qui ignorent tout de l'affaire, précisons que B. est une petite bourgade de la Valachie sise au sud de la Transylvanie et au pied des Carpates. Les citadins de Bucarest et de Cronstadt qui y possédaient des maisons de vacances voyaient en B. ni plus ni moins qu'un village, mais les gens du pays s'obstinaient à parler d'une ville à cause d'une ancienne fabrique de tissage au bord de la rivière, qui transforma jadis nombre de paysans en ouvriers ; pour mes proches, insouciants des polémiques, B. était avant tout une merveilleuse villégiature. Jusqu'aux évènements qu'on va rapporter ici, le lieu n'évoquait donc – tout le monde s'accorde au moins là-dessus – ni Dracula ni quelque autre histoire de vampire.

Avant le tournant historique de 1989 on pouvait louer à B. des villas entières pour les vacances. Nous choisissions toujours la même, à la lisière de la forêt. Cette Villa Diana (du nom de la déesse de la chasse, fort réputée ici aussi) avait des allures de château, bien que sa forme eût considérablement pâti d'une succession de transformations bâclées. Elle arborait au premier étage une grande galerie de colonnades à mi-hauteur, mais son revêtement blanc donnait à l'ensemble une impression de sobriété. Oscillant au gré du vent, les arbres alentour y projetaient des ombres qui se brisaient étrangement aux angles et variaient selon la lumière du jour et le clair de lune.

Nous quittions la capitale dans plusieurs voitures avec les amis et la famille élargie, chargés de l'équipement de ma grand-tante Margot pour la maison : linge de lit, oreillers, chandeliers d'argent, grand tapis persan pour le salon, icônes – d'innombrables icônes orthodoxes –, grand miroir à cadre d'argent plus sabres turcs en tous genres et assiettes arabes vouées à orner les hauts murs de la demeure.

En l'espace d'une journée, la villa était débarrassée de ce que Margot appelait « l'ineffable kitsch communiste ». Elle éprouvait une joie particulière à agiter les macramés du bout des doigts en clamant : « Mais regardez-moi ça ! », sur quoi nous nous récrions d'une seule voix : « Oh non, pitié ! »

« Mais voyez un peu ce bibelot, ce pêcheur avec sa perche de verre qui pendouille au bout de l'hameçon » et, derechef nous nous exclamions : « Oh non, pitié ! »

Ma mère nous exhortait à la prudence, pas de casse s'il-vous-plaît, nous voulions être autorisés à revenir, et rangeait tout cela précautionneusement dans des caisses de bois, la tapisserie murale avec *L'Enlèvement au sérail*, l'écureuil empaillé, ainsi que toutes les lampes.

– Vous voulez vraiment vous éclairer à la bougie ?

– Oui, c'est toujours mieux que ces lampes !

Et elle descendait le tout à la cave.

Les meubles que Margot trouvait particulièrement hideux étaient revêtus de housses blanches, et nous jouions à les croire disparus comme par enchantement sous l'étoffe.

Pour conclure, Margot arpentait les lieux dans l'allégresse générale en brandissant une cuiller à soupe d'où s'échappaient des vapeurs d'encens, afin d'enfumer les esprits de la *basse-classerie** et de les dissiper – au moins pendant la durée des vacances.

À l'issu de ces aménagements, la villa lui rappelait enfin celle de son père et comment c'était ici autrefois, avant cette expropriation qu'elle venait d'abolir pour le temps de notre séjour.

On ouvrait l'Ibach à queue libéré de sa verroterie et des napperons brodés, et les pianistes présents pouvaient alors exécuter la *Marche de Radetzky* ou un morceau burlesque des *Rhapsodies roumaines*, la stridence des sons que rendait l'instrument désaccordé excitant nos huées et nos clameurs.

---

* Les mots et expressions en italique suivis d'un astérisque sont en français dans le texte.

Puis nous nous retrouvions autour de la grande table, assis sur des chaises ou des tabourets, las, appuyés les uns aux autres et comme abimés dans nos pensées – un tableau en clair-obscur. Un souvenir qui m'évoque à présent *La leçon d'anatomie du docteur Tulp* de Rembrandt : une compagnie somptueusement mise pour le théâtre anatomique dont les regards pensifs erraient dans la salle, si ce n'est qu'en lieu et place du cadavre à disséquer la table offrait ici un tas de gâteaux secs, entre autres ces biscuits à la cuiller dont je raffolais. Je les trempais dans une limonade rouge de jus de framboise allongé d'eau gazeuse, tandis que, en marge de la scène, tapie derrière les assiettes de cuivre des hauts murs, guettait l'*umbra mortis*.

– Regarde bien autour de toi, ma chérie, disait Margot, très émue, c'est presque comme autrefois.

– C'est si beau !, affirmais-je avec force pour l'amour de Margot – ou peut-être aussi juste pour me donner du courage. Car il me semblait voir du coin de l'œil quelque pièce du mobilier sous sa housse s'éloigner insensiblement de sa nouvelle place.

Ce qui m'effrayait le plus étaient les craquements du parquet, un grincement sourd sous le tapis, et la disparition insensée de ce grincement quand nous nous déplacions.

Je me rappelle bien, en outre, le froid qui régnait à la villa, cette odeur de moisi, les effluves douçâtres de l'encens mêlées aux parfums des dames ; et aussi que la lueur des bougies s'éteignait souvent à cause des courants d'air ou des farces de nos invités. Ces derniers faisaient un tapage rassurant, ils parlaient et riaient d'abondance, circulaient partout dans la maison, préparaient du thé et jouaient aux cartes tard le soir, avant de partir à des promenades de minuit dont ils revenaient bientôt avec de grands éclats de rires et d'ostensibles « Chut, chut, on fait trop de bruit ».

L'un d'eux se mettait alors à chanter : « Zitti, zitti », et les autres riaient à s'en tenir les côtes.

Ce « Zitti, zitti » renvoyait à une anecdote d'un de nos invités nommé Geo, baryton à l'Opéra de Bucarest. Il racontait que, pour l'épisode de l'enlèvement nocturne de *Rigoletto*, on avait donné aux choristes qui devaient lui faire traverser la scène une échelle beaucoup trop lourde, dont le poids leur avait coupé le souffle avant même qu'ils ne commencent à chanter. Au moment d'entonner l'air chuchoté « Zitti, zitti, moviamo a vendetta », ils avaient rassemblé désespérément leurs forces et produit un retentissant « Zitti, zitti, nous allons nous venger ». Sur quoi le public, qui avait d'abord sursauté au son de ce « chut, chut » tonitruant, était parti d'un immense éclat de rire.

Une des blagues favorites de Margot et de nos invités – outre de souffler les bougies – consistait donc à se glisser près de quelqu'un et de commencer à chanter à gorge déployée « Chut, chut, nous allons nous venger ».

Et il y avait aussi, bien sûr, la rivière qui traversait la forêt derrière la villa et que teintait parfois de rouge la proche fabrique de tissage. De la galerie du premier étage se tendait alors brusquement un bras, et une voix tremblante s'écriait : « Voyez, les eaux du fleuve se sont changées en sang ! »

Rétrospectivement, je dois dire qu'à cette époque nous nous amusions bien, nos invités qui aimaient plaisanter s'employant constamment à susciter la gaîté. Le rire était, me semble-t-il, une marque de politesse due aux hôtes comme à leurs invités.

Un petit sentier menait de la maison à un court de tennis couvert d'un revêtement rouge où nous jouions fréquemment ; dans mon souvenir cet endroit-là est toujours ensoleillé. Je jouais avec les amis de la famille qui habitaient ici, et des gens du village se joignaient parfois à nous. Nous nous entrainions au double. Margot ne manquait pas une partie, toujours de blanc-vêtue et m'habillant de même. À cette époque nos raquettes étaient en bois, et on avait collé du sparadrap au bord supérieur de la mienne, laquée de noir, pour empêcher le bois de se fissurer quand j'effleurais le revêtement du court. J'ai encore dans l'oreille le son mat des balles sur la raquette, sa cadence à deux temps avec le retour de balle, un peu plus sourd.

Je passais tout l'été et bien des journées d'hiver ici à B. avec ma grand-tante Margot qui n'était pas plus âgée que ma mère, mais affichait les nobles manières de ma grand-mère, sa sœur issue d'une première union de mon arrière-grand-père. À cette époque je l'appelais « Mamargot ».

Je revois encore cette photographie surexposée de nous sur le banc du jardin, devant la villa : Mamargot lève bien haut la tête, la ligne de son menton prend la lumière et dessine un trait franc qui ressort nettement sur l'ombre. Elle encercle ma taille de ses mains blanches, et moi – je dois avoir dans les sept ans – déjà maigrichonne et louchant vers le soleil en grimaçant, je croule sous le poids de ses chaînes, de ses bagues et de ses boucles d'oreille.

« Chez moi tu as le droit de tout faire », m'avait-elle annoncé, en citant un exemple concret du genre de hardiesse que je pouvais me permettre : « Si tu voulais te raser un sourcil, eh bien, tu en aurais le droit. » On raconte que je me suis ensuite, effectivement, rasé le sourcil gauche, ce dont je n'ai pourtant aucun souvenir, n'ayant gardé en mémoire que les récits enthousiastes de nos amis familiers de B. : « Tu te rappelles quand tu t'es rasé le sourcil ? »

L'audace majeure dont je me souvienne est liée à la cabine téléphonique installée devant le portail du jardin et à son appareil à pièces, d'un bleu azur presque scintillant. Quand j'avais des pièces en poche, je ne manquais pas de les glisser dans le monnayeur et laissais mon doigt composer un numéro au hasard sur le disque grinçant, après quoi j'écoutais quelques instants, sans respirer, la voix étrangère demander qui est à l'appareil, puis je raccrochais sans avoir soufflé mot. Parfois je surmontais ma panique et lâchais un flot de paroles précipitées : avaient-ils, eux aussi, un dégât des eaux, quand allaient-ils rapporter les livres à la bibliothèque ou qu'y avait-il à déjeuner chez eux aujourd'hui et est-ce que ça sentait aussi bon que chez nous. Je discutais ainsi avec ces inconnus confiants qui se laissaient embarquer dans des conversations et je n'en revenais pas qu'ils le fassent.

Une dame d'un certain âge me détailla ainsi, un jour, sa recette du traditionnel cozonac ; elle s'était, au fil des ans, fait une spécialité de la brioche nationale. Tout en dictant, elle demandait régulièrement :

– Tu as noté ?

– Oui, mentais-je.

Vous allez sans doute voir dans ce que je conte ici de sombres présages augurant de la suite. Vous y chercherez des signes avant-coureurs du choc, de ces inimaginables cruautés, de la mort de toute mort.

Certains replaceront ces évènements dans le contexte de la barbarie communiste et y liront la conséquence de ces quarante années de dictature roumaine censées avoir généré un autre type d'homme. Ils soutiendront qu'il faut d'abord les considérer à la lumière des données historiques et géographiques du moment. Et je leur donnerai raison, sans doute à cause de ma situation, fatidique à bien des égards. Car je ne suis pas différente de mes semblables, aussi me juge-t-on moi en les jugeant eux, encore que certains facteurs tels que ma formation et la position de ma famille m'eussent parfaitement permis tout autre trajectoire. Mais voilà, je suis restée, je suis brièvement partie à l'étranger, puis revenue. Et sidérée comme le lapin face au serpent, j'ai regardé se dérouler toutes ces choses.

Je vais donc vous rapporter cet épisode de ma vie, honnêtement et sans tergiverser : pas à pas, m'approcher de ce qui me glace.

À l'époque je n'ai rien vu venir ; et j'invoquerai pour preuve de mon insouciance d'alors les fines lignes de craie blanche bien propres que je traçais consciencieusement, tôt le matin, sur la terre battue du court avec le charriot grinçant en tôle verte à une roue, la caresse du soleil sur les bras et, dans les narines, l'air grisant des montagnes et des forêts de sapins.

Comme je dessinais et peignais longuement ensuite ! De nombreuses heures passaient ainsi sur la galerie, parfois en compagnie de mes amies Tina et Arina avec lesquelles je confectionnais de faux ongles à base de pétales de fleurs – avec le jaune des rudbeckias, le rose ou le blanc des cosmos. Et nous restions souvent aussi couchées en bas dans l'herbe, à suivre la course des nuages dans le ciel et les figures qu'ils esquissaient : chevaux qui se cabraient, chevaliers dégainant une lame étincelante ; nous apercevions des forteresses et leurs remparts, des princesses à la coiffe bombée surmontée d'une pointe d'où pendaient de longs voiles, des rubans qui voletaient, des cours d'eau, des rapides et des cascades qui charriaient d'impressionnants troncs d'arbres. Sous nuls autres cieux on ne vit geste si héroïque, pensions-nous alors, sans doute influencées par cet enseignement national-communiste de l'histoire qui encensait à longueur d'années les grands personnages du Moyen-Âge, et mues probablement aussi par cette mégalomanie propre aux enfants, l'inébranlable conviction d'être au lieu qu'il fallait, promis à de grandes choses.

Quand j'étais seule, je lisais beaucoup, de préférence les romans d'aventures de Jules Verne, d'Alexandre Dumas et de Karl May, et entre deux lectures, allais me promener dans B. avec Mamargot et ses amis, en rêvant à mes héros.

L'exubérante légèreté de mes promenades, je m'en accuse à présent, car je n'ai rien remarqué, même quand j'observais les alentours avec la vigilance de mes héros, scrutant les branches tombantes des sapins qui bordaient le chemin jusqu'à la maison ou examinant les motifs qu'esquissaient l'écorce friable des arbres et leur croute éclatée, toute décollée. Oui, j'observais tout très précisément à cette époque, pressentant un monde plein de mystérieux indices : le dessin des écorces allait me révéler des secrets grandioses, celui de notre existence – ou à défaut, un trésor de valeur inestimable.

Un peu plus loin dans la pente, après le premier virage où l'on avait abattu un hêtre immense, je composais des bouquets de chicorée sauvage, de scabieuses et de sauges des prés, mêlant à leur bleu le jaune du pissenlit, du thé des Alpes et de la primevère véritable dite aussi clé du ciel. Ma chère Mamargot, qui me dorlotait et me voyait déjà une « âme d'artiste », tenait à ma disposition d'innombrables vases que je garnissais l'hiver de branches de sapin. Nous feuilletions de concert un album des peintures de fleurs de Stefan Luchian où le coquelicot brillait d'un rouge éclatant ; et Mamargot ne se lassait pas de me conter la vie de ce peintre des fleurs qui, gagné par la paralysie à l'âge de trente-et-un-an, se fit attacher un pinceau à la main pour continuer à peindre. La maladie ne l'avait pas brisé, tout comme rien ne nous briserait, disait-elle.

Blottie dans ses bras, je tournais les pages de l'album au coquelicot pourpre : là, un bouquet d'œillets avec coquelicot, des bleuets, des fleurs des champs, des chrysanthèmes et des roses, des calendulas, et enfin, bien sûr, les célèbres anémones de Luchian. De son vivant, il n'avait vendu qu'une seule toile, à son maître, mais l'absence de succès ne l'avait pas détourné de la peinture.

J'aimais contempler les deux muses aux couronnes fleuries – dont je trouvais qu'elles ressemblaient à mes amies Tina et Arina – et aussi son *Paysage après la pluie*. J'admirais la cohérence de sa conduite, la noblesse de ses années de maladie passées au milieu des fleurs et de sa mort prématurée, mais peut-être n'était-ce dû aussi qu'à la manière dont Mamargot me les contait.

La porte de la maison de Luchian restait toujours ouverte, comme celle des églises, disait-on. La lampe à huile sous les icônes lui permettait de distinguer le contour des choses même de nuit. Il pouvait déjà à peine bouger, lorsque, une nuit, se présenta un personnage vêtu de noir qui sortit de sous sa longue cape un instrument, un violon. Pendant des heures, l'inconnu joua de l'instrument sans dire mot. Et Stefan Luchian de pleurer, qui reconnaissait tous les airs du violoniste.

« Un instant, attends, cria-t-il à l'homme qui s'éloignait déjà. Je t'en prie, dis-moi qui tu es ! »

Le personnage vêtu de noir revint alors sur ses pas et se pencha sur le peintre mourant. « Pardonnez-moi d'être entré ainsi sans façon. Voyez en moi un collègue qui vous aime. »

À la lueur de la lampe à huile, Luchian reconnut le compositeur George Enescu.

– George Enescu ! soulignait Mamargot, les yeux brillants. C'était le grand George Enescu !

– Mais où sont donc ces dames ?

On nous appelait. La maison était le théâtre d'incessantes allées et venues. Il y avait nos amis qui affluaient toujours en nombre, et puis les gens de Bucarest et de Cronstadt qui louaient des villas ici pour leur villégiature, et aussi beaucoup de gens du coin, dont certains venaient même des villages voisins. Et tous nous apportaient des fleurs des champs, des roses, de grandes brassées de lilas et des branches de sapin.

– Voyez un peu cette splendeur, s'exclamait Mamargot entre l'entrée et le salon. Mais où vais-je bien pouvoir mettre tout cela ?

Un secret soigneusement gardé de notre maison était que nous avions quelqu'un aux chevreaux dans le village voisin, en bas dans la vallée. La bergerie était installée dans une maison de maître qui avait autrefois appartenu au parrain de Mamargot, une villa toute en longueur à blanches colonnes doriques et vastes fenêtres, dont l'entrée principale était flanquée d'un grand escalier de marbre devant lequel s'arrêtaient les calèches et où la marraine de Mamargot était, à son arrivée, accueillie par la cuisinière, la maîtresse de maison tenant à avoir la primeur de ce qu'il y aurait au menu du jour. Il existait encore quelques photographies de cette maison dont Mamargot aimait parler longuement, ainsi que du bois d'acacias qui l'entourait et qu'elle traversait à cheval, jeune fille, avant que les communistes ne le défrichent.

Nous connaissions donc quelqu'un qui était de cette villa blanche transformée en bergerie et nous l'appelions Johnny, bien qu'à mon avis il se nommât tout autrement. Je ne me rappelle plus – l'ai-je d'ailleurs jamais su ? – comment nous apprenions que Johnny allait venir. Mais je me souviens encore que, ce jour-là, nos amis entonnaient dès le matin la chanson d'Edith Piaf :

> *Johnny, tu n'es pas un ange,*
> *Ne crois pas que ça m'dérange*...*

Tous déambulaient fébrilement, affairés, puis l'un d'eux se mettait à chanter sans crier gare d'un ton plaintif :

> *Johnny ! Johnny !*
> *Johnny ! Johnny !*
> *Si tu étais plus galant,*
> *Johnny ! Johnny !*
> *Je t'aimerais tout autant*.*

Et tout le monde riait encore plus fort que d'habitude. Je déclenchai une fois l'hilarité générale en répondant à

un invité qui me demandait ce que je voulais faire plus tard :
« Me marier avec Johnny ». Je devais avoir dans les huit ou
neuf ans.

– À ta santé ! À ta santé ! s'exclamèrent les amis, hilares.

– Sûrement pas, s'écria Margot, et sa colère m'est restée
en mémoire car elle s'emportait rarement, elle n'épousera
sûrement pas ce malheureux Johnny, cessez de divaguer !

Ça ne m'empêchait pas de ressasser le refrain de Johnny,
par exemple en jouant au tennis. Un « Johnny ! » gémissant
– frappe, « Johnny ! » – nouvelle frappe, « Johnny ! » – coup
droit dans la diagonale puis long de ligne « Oh, Johnny ! » :
coup droit lifté ! J'étais convaincue que je serais un jour la
femme de ce Johnny. Et même que Mamargot ne m'en
admirerait que plus, et tous les autres avec elle.

Je ne cessais de penser à ce Johnny de la villa blanche, dont
j'avais une idée bien précise : il était grand et svelte, il avait les
cheveux rejetés en arrière, le nez long, et à l'œil une coquette-
rie de bon aloi. Il baisait la main des dames en s'inclinant
galamment. Je pensais à lui en courant autour du court dès
la première rosée, en passant mes doigts encore gourds sur
le sparadrap collé à ma raquette noire, et en voyant du coin
de l'œil un oiseau prendre son envol, je pensais à lui quand
grinçait la pompe de la cour, et qu'en l'absence de mes deux
amies je collais toute seule sur mes ongles des pétales de
fleurs multicolores.

Et régulièrement m'envahissait la certitude que le monde
était plein de messages à mon intention et que mes moindres
impulsions mèneraient inéluctablement à une grande destinée, pour moi inséparable de Johnny, Johnny de la villa
blanche.

Un jour je formai le dessein d'examiner Johnny de près lors de sa prochaine visite. Pour ce faire, il me fallait veiller très tard, car il venait toujours en pleine nuit, disait Mamargot. Je n'osais pas demander qu'on me réveille à son arrivée. J'attendis donc longtemps à la fenêtre.

Je me souviens d'une nuit très sombre et pourtant constellée d'étoiles, du ruban blanc de la voie lactée pareil à l'allée du jardin dont le gravier étincelait au clair de lune. Ça sentait la résine de pin et l'air frais qu'apportait toujours la nuit ; dans le bois la rivière bruissait sourdement, tout près un hibou hululait.

Par ma fenêtre ouverte, j'aperçus Johnny dans le faisceau de lumière du réverbère, une silhouette en chapeau vêtue d'un manteau sombre, de stature imposante à en juger par ses contours.

Margot vint à sa rencontre, ouvrit le portail et lui fit traverser le jardin.

— Vous nous avez manqué, dit-elle, chuchotant presque. Je pensais que vous nous aviez oubliés.

J'entendis la lourde clé tourner dans la serrure, puis la voix de Johnny retentit dans la cage d'escalier, rauque, empressée :

— Mais non, mais non ! Comment pourrais-je vous oublier, je ne suis pas comme ça ! Bien le bonsoir, madame.

Je me glissai hors de ma chambre, passai sans bruit devant le piano ouvert dont le bleu nuit chatoyait dans l'obscurité, puis devant un gros meuble couvert d'un drap brillant, et vis enfin nos amis entourer Johnny et le pousser vers la cuisine. Johnny avait encore son chapeau, qui dépassait de toutes ces têtes.

— Avouez que vous nous aviez oubliés !

– Messieurs-dames ! Mais pas du tout ! C'est juste que l'occasion manquait.

– Allons, allons, vous nous aviez oubliés !

– Comment est-ce que je pourrais vous oublier !

– Un verre d'eau ?

– Laissez-le d'abord ôter son manteau.

Pieds nus, à pas de loup sur les lames de parquet qui craquaient, je m'approchai lentement de la cuisine. Tout près de la cuisine l'air se fit brusquement plus froid.

Quelqu'un, une femme, poussa un cri de plaisir, et les autres sifflèrent :

– Chut ! Moins fort !

– Zitti, zitti.

J'entendis des rires étouffés.

Je me souviens de la lumière qui semblait rougeoyer à proximité du plafond, et que des ombres masquaient régulièrement. Je voyais la vapeur que dégageaient les haleines et la chaleur des corps, et distinguai une forêt de bras, des bras nerveux qui faisaient de grands mouvements, des mains tâtonnantes qui se refermaient, telles des serres, pour agripper la viande.

– Plus vite, plus vite, soufflaient-ils de conserve, une vaste colonne de vapeur se formant au-dessus d'eux.

Leurs mains arrachaient fébrilement la viande.

– Un beau morceau, regardez !

– Celui-ci est encore mieux !

– Incroyable !

Au milieu des amis dont les bras s'affairaient, je vis Johnny, nu comme un vers, scintillant, barbouillé de sang, un corps massif écorché vif.

Les amis arrachaient les uns après les autres des morceaux de son corps, de sa poitrine, de son ventre et de ses cuisses et les disposaient sur de grandes assiettes.

Je restai sur le seuil de la porte, les yeux rivés sur l'homme qui se laissait faire en silence et s'amincissait petit à petit jusqu'à la maigreur. Sous chaque couche de viande se trouvait une feuille de papier fraîcheur qu'il fallait arracher, et quand les amis eurent fini d'éplucher son corps blafard, apparurent les poils sombres, tout collés, de sa poitrine et de son ventre.

Devant eux gisait maintenant un grand garçon mince aux épaules tombantes, vêtu d'un slip souillé de sang.

Quelqu'un lui apporta des chaussons de plastique, pour qu'il puisse aller se doucher à la salle de bains.

– Vous ne voulez vraiment pas qu'on fasse chauffer de l'eau ?

– Non, je vous en prie, messieurs-dames, il faut que j'y aille, dit Johnny en riant, de toute façon je me douche toujours à l'eau froide, c'est bon pour la santé.

Malgré sa minceur il avait un visage joufflu d'enfant. Et, me semblait-il, des fossettes.

– Un sacré gaillard !, dirent les amis. Chapeau !

Aux vacances suivantes, on attendit plus longtemps que d'habitude Johnny de la ferme aux chevreaux, puis j'entendis dire aux amis qu'une nuit les loups l'avaient égorgé dans la forêt. Je ne compris pas s'il s'agissait de vrais loups ou si les loups en question étaient les agents de la Sécuritate Je ne le demandai pas. Je me contentai de compatir.

Je pensai à lui un moment encore, en jouant au tennis. Quand une brise agitait les branches, il ne me paraissait pas improbable qu'il puisse à tout instant sortir du bois et me regarder jouer.

« Mais non, mais non, comment est-ce que je pourrais vous oublier ? »

Et certains bruits dans le bois me semblaient rendre un son étiré provenant d'un accordéon : *« Johnny, tu n'es pas un ange… »*

Et puis, peu à peu je cessai pratiquement de penser à lui.

II

La chèvre désirante

Après 1989 qui vit la fin de la dictature, la villa nous fut bientôt rétrocédée. Margot fit remplacer la plaque où était gravée l'inscription « Villa Diana » par une autre qui indiquait en caractères incurvés « Villa Aurora ». Comme il n'y avait pas encore de ramassage d'ordures ménagères à B., elle bannit le « kitsch communiste » à la cave et aménagea la villa en maison de campagne avec du mobilier Biedermeier, des icônes orthodoxes, le grand miroir à cadre d'argent, les sabres turcs et les assiettes mauresques de son père grand voyageur, ainsi que des tableaux représentant la vie dans la campagne roumaine. Nos amis ne se lassaient pas de vanter son raffinement, à les en croire l'agencement de la villa avait encore plus de cachet que celui du proche château Bran, aménagé en son temps par la reine Marie.

Ils cultivaient son goût des compliments, et Mamargot n'en était pas avare non plus, qui affectionnait, chérissait, même, l'hyperbole.

– Tu as une mine fabuleuse, Margot !

– Pas tant que toi, ma chère, tu es superbe ! Vous avez fait bon voyage ?

– Plus ou moins, les routes sont un cauchemar, mais ta villégiature un rêve ! C'est paradisiaque ici !

– Paradisiaque, ça va le devenir avec vous !

– Cette pureté de l'air, enfin on respire !

– Oui, c'est sublime ! Et tu entends les oiseaux ?

– Ce sont quoi, ces oiseaux ?

– Des passereaux.

– Quelles merveilles !

– N'est-ce pas. Allons boire un verre à leur santé dans le jardin !

Le jardin devant la maison était toujours en fleurs, deux massifs de phlox, des hortensias, des dahlias, et partout des roses, des rouges, des jaunes, des roses de Damas au parfum capiteux, tout cela poussait pêle-mêle avec l'hysope, le thym, l'estragon et le millepertuis. Des voisines débarquaient, en criant du portail : « Je viens juste planter ça chez vous et je repars. » Elles allaient tout de même boire quelque chose avec une tranche de cozonac en l'honneur de la nouvelle plante, disait Mamargot en leur envoyant un baiser, le cozonac venait de Bucarest, de chez Capşa, il leur fallait absolument y goûter !

Je n'ai jamais vu Mamargot désherber le jardin ; l'envie en prenait parfois un invité, qui s'en chargeait alors, ou une voisine venue dire bonjour.

« Mais tout pousse très bien comme ça », disait Margot que réjouissaient aussi les herbes dites mauvaises, pourvu qu'elles fleurissent, et les chardons-Marie à têtes violettes.

Près des lilas se dressait une table de jardin flanquée de deux bancs. Une allée de galets blancs y menait et, tout à côté se trouvait la pompe avec ses trois seaux de bois où l'on mettait les pastèques et les bouteilles à rafraîchir. Dans la journée on entendait la pompe s'activer, et son grincement métallique me devint un bruit familier, aussi cher que le brouhaha des voix de nos invités.

« Ça m'aide à m'endormir d'entendre encore un peu dans mon lit les voix des amis, » aurais-je dit, enfant, une phrase qu'on nous citait régulièrement en vantant notre hospitalité et en soulignant que je tenais vraiment beaucoup de mon adorable grand-tante.

« Une maison est vraiment vôtre quand vous y recevez vos amis », disait Mamargot qui recevait avec passion, sur quoi une voisine un peu envahissante nommée Sanda finit un beau jour par se muer en femme à tout faire de la villa.

Autant l'avouer tout de suite, Sanda ne me disait rien qui vaille. Il lui manquait des molaires, ce qui creusait ses joues et dessinait sur son visage des ombres inquiétantes, quand elle était avec moi dans le jardin le midi. Elle n'avait plus vingt ans lorsqu'elle entra dans la maison, mais elle était implacable et voyait partout des indices de malfaisances et d'escroqueries dont il importait de nous protéger. Mamargot l'appelait « ma bonne amie » et « mademoiselle Sanda », et elle la voussoyait, ce qui la comblait d'aise, je la voyais parfois tressaillir de joie à ce « vous ».

Bercée par les grincements de la pompe du jardin et le bruit des rires et des conversations, je m'affairais dans la galerie de notre maison, au soleil ou sur la ligne de partage de l'ombre et du soleil. Je me revois dessiner avec ardeur à toutes les vacances scolaires. Je dessinais avec des crayons de plus en plus petits dont je finissais par ne plus tenir qu'un bout minuscule entre les doigts, la main tout près de la feuille

– que j'effleurais presque de l'index. Et pourtant j'avais du mal à croire que c'était bien moi qui peignais là.

Je levais la tête, et tout était d'une netteté saisissante : à ma droite les montagnes et leurs marbrures grises, les pentes vert clair, les landes, le contour dentelé de la ligne des sapins et, isolé sur la paroi rocheuse, un arbre qui poussait de travers, avec, à ses pieds, la forêt d'essences mêlées où les feuilles des hêtres bruissaient parfois en papillotant tels de minuscules miroirs.

Notre jardin bigarré et le chemin qui montait du portail aux collines où paissaient vaches et chevaux séparaient la forêt de quelques villas élégantes et de parcelles informes avec les granges et les petites exploitations des gens du pays : des fermes où s'ébattaient poules, oies, dindons, chiens et chats, avec, au milieu, des maisons basses aux toits de tôle rouillée.

À cette vue je sentais monter en moi la vague de ce bonheur qui me submergeait toujours en contemplant cette présence joyeuse, et la conviction que c'est à cela que ressemblait l'éternité, le paradis. Car c'est à B. que je suis tombée amoureuse pour la première fois, et je déambulais dans le village en posant sur toute chose des yeux de ravi de la crèche.

Ici le monde me semblait comme ramassé, tout était proche et amical ; la lumière qui clignotait entre les hautes branches des sapins et le chemin si familier jonché de bouses de vache sèches, les clôtures de lattes vert pâle, et bien sûr, les gens eux-mêmes, qui, aussi simples qu'ils eussent l'air quelquefois, ou peut-être justement à cause de ça, semblaient rattachés à la vie par des liens ancestraux et la ressentir plus profondément, plus authentiquement peut-être ; comme dans ces tableaux de Nicolae Grigorescu auxquels m'initiait Mamargot.

Je connaissais tous les jeunes du pays, et tous me connaissaient, ils m'enseignaient à manier la faux et me laissaient ramener les vaches du pâturage – lesquelles d'ailleurs retrouvaient toutes seules le chemin de l'étable –, je grimpais aux arbres et sautais dans la paille et, de temps en temps, me promenais pieds nus, une fois même sous la pluie. Comme je m'imaginais libre à cette époque ! Et quand je racontais quelque chose à mes amis du village, je les imitais en faisant des phrases courtes qui commençaient toutes par « alors », et mon récit était quelquefois exprès un peu confus.

Je pourrais vous parler de mes amours à B. – mais le souvenir que j'en garde interfère avec cette grande histoire scandaleuse, qui m'a laissée pantoise, à vif intérieurement, l'histoire avec... le prince.

Le prince et le mal qui, avec lui, s'est abattu sur nous, la mort atroce, l'horreur indicible, la vengeance.

Pour vous donner une idée de celui que, dans notre ignorance, nous avions convoqué, j'ai exhumé à votre intention la copie d'un tableau : le célèbre portrait du prince Vlad l'Empaleur, que vous connaissez sous le nom de Dracula.

On prétend que les traits de Vlad trahissent une disposition à la cruauté. Mais regardez bien ! Tout ce que je distingue ici est une expression de gêne, celle d'un profond malaise. *Vlad l'Empaleur, Prince de Valachie* fut peint entre 1462 et 1475 pendant le long séjour du prince à Visegrád chez Mathias Corvin, roi de Hongrie. Bien qu'il y fût en réalité prisonnier, Vlad était traité comme il sied à un prince, une sorte d'ami du roi, lequel lui donna même sa propre cousine en mariage, la belle Ilona Szilágyi.

Et quand on annonçait les émissaires turcs, le roi le faisait aussitôt placer sur une petite chaise à côté du trône, pour inspirer une saine terreur aux arrivants. Le prince Vlad se tenait droit comme un i sur sa chaise, rapportent les chroniqueurs hongrois, et les ambassadeurs des musulmans le fixaient, les yeux écarquillés ; dans l'Empire ottoman on le nommait « Kazikli Bey » : « Prince Pal ».

Le tableau le représente vers l'âge de trente ans avec un visage long et mince quelque peu efféminé, aux pommettes saillantes, encadré de sombres anglaises qui retombent sur ses épaules. Vlad a le teint pâle, de grands yeux, l'air pensif, il se tient un peu de trois quarts par rapport au spectateur, et ses cernes ne datent visiblement pas d'hier. La fine ligne des sourcils bien arqués rejoint celle du nez aquilin aux narines dilatées ; plaquée entre la pointe du nez et l'épaisse lèvre inférieure, une ridicule moustache retroussée s'étire d'une joue creuse à l'autre.

La tenue princière de Pal accentue encore son apparence de noble fragilité : le délicat col doré s'ouvre sur un long cou blanc tandis que le manteau ajusté de velours rouge au large collet de zibeline suggère une stature plutôt frêle. Mais au milieu du turban de perles qui ceint la coiffe de velours rouge resplendit dans le prolongement du nez une aigrette insolemment dressée, maintenue sur le front par un superbe joyau – une étoile d'or à gros rubis surmontée de cinq perles en demi-cercle. Le rubis s'accorde au manteau de boyard rouge à boutons dorés. En regardant attentivement, on s'aperçoit que l'alignement des boutons massifs sur le buste est légèrement irrégulier, comme si Vlad était en train d'inspirer. Tout cela rayonne doucement à la lueur des bougies : la peau lisse, le velours moelleux, les anglaises dont on voudrait lisser quelques frisottis rebelles, la souple zibeline, les boutons de fil d'or et le lustre des perles.

Dans le tableau, seule l'aigrette présente une droite irréductible – elle est un peu coupée par le bord supérieur de l'image.

Le tableau est l'œuvre d'un peintre allemand inconnu, et j'essaie de me figurer comment un autre peintre de la même époque aurait représenté le prince Vlad, un peintre de la renaissance italienne comme Antonello de Messine, par exemple, que ses modèles regardaient franchement dans les yeux. D'ailleurs, le prince Vlad avec sa fragilité nerveuse et sa longue foison de boucles aurait fait un excellent motif pour un Botticelli. Et quelle sorte de Vlad Léonard de Vinci nous aurait-il montré ?

Dommage que le prince Vlad ait été peint par cet artiste conventionnel, moyennement doué ! Encore qu'on puisse objecter ici que la médiocrité et le conventionnel avaient bel et bien droit de cité dans son entourage, où l'on ne prisait pas tant le courage que la stricte exécution des ordres. Et pour sa part, le prince, qui naquit au milieu de guerres qu'il perpétua et vécut absorbé par les plans de bataille et les alliances, n'entretenait pratiquement pas de contacts avec les artistes et les savants. Même quand il régna sur le pays roumain, avant et après sa détention à Visegrád, il resta cantonné dans un monde étroit, et finit par se voir – pour cette même raison – toujours plus étroitement acculé.

Je vais maintenant vous narrer l'histoire sanglante qui s'est déroulée à B. ; qu'il soit ici pris à témoin, mon ancêtre Vlad l'Empaleur dont le sang coule dans mes veines.

Si j'ai différé mon récit sur Dracula, c'est parce que je n'ai fait que très tard le lien entre cette horrible affaire (que j'ai longtemps cherché à m'expliquer) et mon environnement. Scrupule compréhensible, vous en conviendrez. Mais j'ai aujourd'hui saisi que, sans les récits fidèles de témoins des faits (récits qui vous fonderont peut-être, vous et nos descendants, à imputer à ces mêmes témoins une certaine responsabilité), on ne peut quasiment rien comprendre à cette histoire. Il n'en resterait alors qu'une idée inquiétante, aussi diffuse et confuse qu'une superstition. Je veux donc éclaircir une fois pour toutes l'imbroglio qui subsiste autour de la légende de Dracula à B.

Dans mon enfance, on parlait en Roumanie d'un Dracula bien précis – à savoir le dictateur roumain qui saignait le peuple à blanc : Nicolae Ceaușescu.

Une fois révolu son exécrable régime, le peuple roumain fut en quelque sorte libre, il avait le choix, et beaucoup souhaitaient revenir aux vraies valeurs de notre passé. Le mot *tradition* était dans toutes les bouches, et tant qu'il s'agissait de la tradition européenne – quel que pût être le sens qu'on lui donnât –, la compagnie gardait son sang-froid, mais dès qu'on évoquait la culture nationale, tout le monde s'échauffait. Chacun s'imaginait être le détenteur de la vraie, de l'authentique tradition roumaine et s'en proclamait en bombant le torse (si chétif qu'il fût parfois) l'héritier légitime et le gardien prédestiné.

Même une citadine posée comme Margot ne restait pas insensible à cette célébration générale des traditions populaires, encore qu'elle se passionnât surtout pour la célébration en soi et la singularité de nos us et coutumes dont elle s'entendait si bien à régaler ses hôtes. Elle se mit à passer de plus en plus de temps à B., disant à qui voulait l'entendre qu'ici à la campagne on pouvait vivre comme autrefois, loin du stress de Bucarest et de la *basse-classerie* de la nouvelle caste politique, et qu'ici – dans la plus pure tradition roumaine – on pouvait continuer à s'amuser royalement.

Pendant toute ma scolarité je passais mes vacances à B., et quand je repense à cette période, j'ai aussitôt à l'esprit cette phrase célèbre : « À cette époque, le temps était encore très patient avec moi. », encore que je ne sache plus qui en est l'auteur.

Je lisais ici *Le Grand Livre des Contes Populaires* et trouvais dans l'histoire une source d'inspiration à ma peinture. Ma prédilection allait à *La Bataille aux flambeaux* de Theodor Aman, à la prophétie duquel je croyais ferme et que je suis encore en mesure de vous restituer mot pour mot après toutes ces années : « L'art avec un grand A sera historique, ainsi fait que chacun puisse œuvrer à sa grandeur, une peinture qui, en célébrant la gloire passée, insufflera force et foi en l'avenir. » Je lisais donc, je dessinais, je peignais, et avec la superbe de mes jeunes années, j'étais fermement convaincue d'accomplir la destinée d'une artiste exceptionnelle, doublée d'une grande patriote.

J'aimais toujours autant le tennis et disputais avec nos invités des parties quasiment interminables, le gagnant ayant toujours la grandeur d'âme de laisser son adversaire le rattraper.

Et pourtant j'ai l'impression d'avoir passé la majeure partie de ces vacances avec mes amis du village. J'allais dans leurs fermes ou les accompagnais sur les collines, ou bien nous traversions le bois pour descendre à la rivière qui passait derrière la fabrique de tissage, faisions des ricochets dans l'eau et gagnions l'autre rive à pied : une véritable épreuve de courage, puisqu'aucun de mes petits amis ne savait nager. Nous traversions la rivière en nous tenant la main, afin que je puisse les sauver promptement, si jamais ils se fourvoyaient en eau profonde. Et quand nous avions faim, nous nous mettions en quête de noisettes et de baies, et nous servions en pommes dans les jardins, les cueillant aux branches croulant sous les fruits.

Je pense que mademoiselle Sanda savait tout cela, car elle était toujours là quand je rentrais, pour me gratifier d'un « tss tss » éloquent qui manifestait clairement l'opinion qu'elle avait de mes fréquentations.

Cette sévérité la vieillissait d'ailleurs beaucoup. Les jeunes d'ici n'étaient pas allés à l'école, disait-elle à Mamargot, il n'y en avait pas au village, et ils n'allaient pas non plus à celle du village voisin. Ils étaient trop fainéants pour travailler aux champs, ne faisaient rien de toute la sainte journée, ils auraient tous voulu avoir la même vie que nous. Les gens étaient verts de jalousie, il fallait être aveugle pour ne pas le voir, disait-elle, ici nous avions intérêt à faire très, très, attention.

Et en ce qui concernait les nouvelles locales, la satisfaction de mademoiselle Sanda était à son comble lorsqu'elle pouvait nous rapporter qu'un ami à moi, un de plus, avait émigré en Espagne ou en Italie. « Un délinquant de moins, sifflait-elle, Dieu soit loué. » Et en effet, d'année en année je retrouvais le village plus abandonné, pour ainsi dire orphelin. Tour à tour ils partaient, mes vieux amis, l'un suivait l'autre à l'étranger, tous les jeunes, tous les adolescents, et bientôt même, tous les enfants.

Le calme se mit à régner à B., et quand j'y revenais pendant mes études aux beaux-arts, je restais la plupart du temps dans la galerie ou m'installais seule au jardin pour dessiner et pour lire, essentiellement des biographies de ces peintres solitaires et ardents qui étaient de « fins sismographes de nos sociétés », comme on le disait du Norvégien Edvard Munch.

À cette époque, l'image que j'avais de mademoiselle Sanda s'était précisée, j'en ai même fait le sujet d'un tableau, *Personne en costume de chèvre*, mon travail de fin d'études, le premier dessin à l'encre, la première œuvre que je pus fourguer à un acheteur, et ce, carrément aux grandes enchères du théâtre national de Bucarest.

Avec le produit de la vente j'aurais pu acheter une maison à B., il y en avait un paquet pour un prix dérisoire, mais qu'aurais-je bien pu faire d'une maison à B. ? Y installer un atelier ? Je préférais peindre dans la galerie de notre maison. Et je regrettai bien vite d'avoir vendu le tableau.

Hélas, hélas, chèvre jolie
Le loup déjà te poursuit,

Le chœur des hommes poussait des cris aigus, ils accompagnaient le danseur déguisé en chèvre qui bondissait dans notre cour en faisant violemment claquer la gueule de bois qui coiffait sa tête.

Hélas, hélas, chèvre jolie
Le loup déjà te poursuit,
Hélas, hélas, pauvre de toi
Bientôt il te rattrapera !

La chèvre trébuchait, avisait, l'un après l'autre, chaque spectateur en claquant de la gueule, titubait et tombait au sol où elle se contorsionnait en une crampe ultime, épousant le rythme des vers qui dépeignaient son destin. Et elle périssait misérablement, de peur.

Mais à peine s'était-elle figée à terre qu'elle sautait derechef sur ses sabots et bondissait de plus belle, courbée sur deux pattes, et le chœur de crier, toujours en vers : on le savait, elle cherchait un bouc et du sucre et rien qu'à ces mots ressusciterait d'entre les morts.

C'était le rituel de la danse de la chèvre, voué à chasser les mauvais esprits. Nous donnions du chocolat, des noix et de l'argent aux vieux comme nous en donnions autrefois aux enfants, et leur meneur soulevait son couvre-chef en disant : « Voilà, c'est fait, messieurs-dames, vous voici débarrassés des mauvais esprits ». Puis le petit groupe de vieillards repartait avec sa chèvre. Il ne restait presque plus de maisons habitées au village où aller proposer la danse de la chèvre.

Au début, les jeunes revenaient encore aux vacances bâtir leur maison avec l'argent gagné à l'étranger – ils montaient deux ou trois étages sur les parcelles de leurs parents.

« Les Italiens arrivent ! » annonçaient joyeusement les vieux, et ils tuaient les dindons, les oies, les poules et tout ce qu'ils avaient à offrir.

« Pour qui, sinon pour les enfants ? »

Et pendant deux semaines ce n'étaient que barbecues, libations, chansons, et on entendait crier les noms des petits-enfants : « Giovanni, Matteo, Francesca… À table ! Mangiare ! Comer ! Andale ! » Et tandis que les uns travaillaient sur l'échafaudage, les autres continuaient à s'affairer au barbecue, des volutes de fumée bleue s'élevaient au-dessus du village, et les baffles des chaines stéréo mugissaient.

– Vous vous rappelez cette chanson ? criaient-ils.

– Ah oui, qu'est-ce qu'elle nous a manqué !

– Et cette danse ?

Le papy sautait alors sur ses pieds en s'écriant, ravi :

– Allez, la vieille, viens leur montrer aux Italiens comment on danse chez nous !

Et le vieux couple entamait une danse folklorique effrénée en sautillant, tapant du pied et levant des nuages de poussière. D'autres danseurs rappliquaient alors immédiatement, tout le monde descendait de l'échafaudage en exultant et on se mettait à danser en rond avec les vieux, de plus en plus vite, en ponctuant la danse de cris joyeux. Le fils exécutait de savants sauts périlleux, comme avant, puis il ouvrait le cercle et prenait la tête d'une farandole qui sortait de la ferme en sautillant et en poussant des cris de joie. Et ils inclinaient la tête sur l'épaule du suivant : « Hein, vous croyiez qu'on ne savait plus danser ? » Et ils grimpaient le chemin en dansant pour entraîner les voisins et continuaient jusqu'à ce que je les perde de vue.

Le soir, Margot faisait porter le gramophone de son père dans la galerie du premier, elle mettait le disque des *Rhapsodies roumaines* d'Enescu, et nous savourions la musique jusque tard dans la nuit, allongées sur les récamières, à côté d'un plateau d'argent chargé de confiture de roses du jardin et d'une carafe d'eau de la montagne puisée à la pompe. Nous nous grisions de cette alternance d'allégresse fougueuse et de nostalgie soupirée qui variait selon les arrangements, de ces miniatures folkloriques du merveilleux George Enescu. Enesco disait-on à Paris !

Il fallait intégrer à ma peinture des éléments du folklore roumain, me conseillait expressément Mamargot. Et c'est bien ce que je faisais, mais pas tout à fait comme elle – sans parler de nos amis – l'aurait souhaité : non en m'employant à les souligner, mais dans un élan déconstructif qui recourait même parfois à la caricature.

Il n'empêche que B. ressemblait de moins en moins à ce village béni dans lequel Margot et consort entendaient voir l'incarnation de leur idylle champêtre. Les jeunes n'y venaient guère plus que pour de brefs séjours tous les deux ans, puis finirent par le délaisser complètement, laissant ce qu'ils y avaient érigé se dégrader lentement, à l'exception de hauts murs de bétons qui jetaient une ombre glacée sur les maisons des parents.

III

Retour chez soi, la peur

Après mon master à l'Académie de la Grande Chaumière à Paris, je revins chez Margot à B. Je gagnai la Roumanie en chemin de fer en traversant la Hongrie qui venait juste d'intégrer l'Union européenne (où la Roumanie ne serait admise que trois ans plus tard).

Ce n'était pas seulement le désir de voir ma grand-tante bien aimée qui me poussait à revenir de Paris directement à B. Aussi impensable que cela puisse paraître, B. c'était mon chez-moi.

De tous les endroits que je connaissais, B. m'était le plus familier, et je m'étais quelquefois surprise à le chercher dans d'autres lieux – les jeux d'ombre des arbres sur la blancheur de notre maison, l'air cristallin traversé d'une nuée de brume, les coucous jaunes dans l'herbe, les trilles aiguës des petits passereaux qui semblaient crier inlassablement : « Toujourrrrs nous rrrroulerons les Rrrr », volutes sonores qui planaient au-dessus de ma tête toujours levée.

Car en effet, à B. je marchais toujours la tête haute, levée vers les grands sapins qui bordaient le sentier, envoûtée par le lent mouvement presque imperceptible de leurs branches pendantes, immuables ondulations évoquant l'écoulement du temps, que je percevais tel un bruissement, car ici était le lieu familier où je levais toujours les yeux au bon moment.

Je revenais donc à la maison. Avec l'élan que vous confèrent le savoir nouveau et les belles expériences, je sentais déjà la foule d'images et d'idées qui allait mûrir en ce lieu, source d'inspiration infiniment plus riche pour moi que toute autre contrée du monde.

« B. c'est ton Tahiti, voilà », disait aussi Mamargot.

De fait, j'avais exécuté à Paris quelques peintures de B. à la manière de Gauguin, de gros plans avec aplats de couleurs où dominaient le vert et le bleu, que j'avais envoyés par la poste à Margot.

Et j'avais, pour ma part, reçu d'elle toute une pile de lettres rédigées à l'encre bleu pâle de son écriture penchée aux grandes fioritures et amples arabesques, piquée de points volants semés très au-dessus des i : autant de joyeuses nouvelles de B., d'anecdotes sur nos invités et leurs réactions à mes tableaux, ainsi que des histoires d'animaux, ces renards qui mangeaient l'hibiscus ou ce grand ours qui dégringolait le chemin principal, certains soirs.

Mamargot vint me chercher en voiture à la gare routière du village voisin.

— Bienvenue à Tahiti ! s'écria-t-elle en m'étreignant fougueusement.

Elle avait minci, sa silhouette était plus nerveuse, mais elle gardait son port de reine, et je la trouvai magnifique avec ces cheveux à présent entièrement gris qui allaient si bien à son hale.

— L'air des montagnes, dit-elle.

Et qu'il était grand temps que je prenne le soleil et respire l'air pur, moi aussi.

Elle portait les gants de cuir rouge qu'elle enfilait toujours pour conduire et se mit aussitôt à me parler des invités que j'allais trouver à la maison.

La voiture tanguait sur les nids de poule comme un navire dans la houle ; que ces secousses et ces heurts m'avaient manqué ! Margot énumérait gaiement les invités qui étaient chez nous en ce moment. Et moi qui la regardais je voyais en même temps défiler à sa vitre une couche de nuages bas tout gris d'où émergeaient çà et là les pointes des Carpates, cette ordonnance de rubans forestiers et de murailles rocheuses que je connaissais par cœur. Et fascinée comme toujours, je m'absorbais dans la vue des hauteurs, aussi pour ne pas voir la tristesse nouvelle du paysage, ici en bas : l'herbe brûlée et les buissons où s'agitaient des sacs en plastique gonflées d'air, les clôtures renversées sur des rangées entières de rues, les maisons dont la façade s'effritait en découvrant la brique, les fondations ébauchées et les mares d'eau stagnante, et partout des ruines en béton, deux, trois étages de gros-œuvre dont l'armature rouillée pointait comme des phalanges raidies par une crampe.

La région ici n'était plus tout à fait comme avant, me dit Margot. Le communisme avait mutilé les gens, il leur avait ôté le sens du beau et du bien.

— Regarde, dit-elle, voilà ce que ça donne quand on ne supporte pas la pauvreté dans l'humilité, avec la décence qui s'impose. Ils se sont précipités tête baissée dans ce désastreux tape à l'œil.

Elle ajouta, recouvrant la gaité :

— C'est un excellent sujet !

D'autres allaient en chercher de semblables au bout du monde, moi ici n'avais plus qu'à les peindre.

– Des images fortes qui suscitent l'émotion et vous font gagner les prix.

Cela nous fit rire.

Un vieillard qui poursuivait une oie égarée sur la route nous salua aimablement de la main.

« Bienvenue à B » disait l'inscription en lettres bleues d'un panneau à hauteur d'homme où l'on lisait à la ligne du dessous : « Jumelé avec Bursa, Cetinje, Djerba, Moissy-Cramayel, Ilyichevsk, Ohrid ».

Arrivée devant la maison, Margot écrasa le klaxon comme pour une noce, et les invités affluèrent. Je fus accueillie dans la liesse, Geo à l'intérieur joua la Marche de Radetsky.

On but le champagne en dégustant cette salade d'aubergine que j'aimais tant, présentée sur des toasts et accompagnée de grosses tomates farineuses. Sur tous les murs mes tableaux avaient remplacé les sabres turcs et les assiettes arabes, parfaitement mis en valeur dans de sobres cadres blancs. Chère Mamargot ! La maison embaumait la peau d'aubergine brûlée, tous les vases étaient remplis de fleurs des champs. Et Margot avait garni les chandeliers de bougies rouges en prévision de la soirée.

La pluie qui se mit à tomber en fin d'après-midi s'accordait à mon humeur. Je sortis sur la galerie regarder le paysage gris et observer les filets d'eau gris sombre dégringoler le long des troncs d'arbre et des façades des maisons – on aurait dit les barreaux d'une prison. L'eau dévalait l'asphalte éclaté du chemin qui s'assombrissait à vue d'œil. Le vieux réverbère devant la maison voisine était bien encore là, mais ne s'allumait plus.

Autrefois j'avais toujours vu pleuvoir, venter, neiger à gros flocons dans le faisceau de lumière jaune de ce réverbère. Et j'eus l'impression que cet autrefois se détachait définitivement de moi. Autrefois toutes les précipitations avaient leur faste et la scène qui convenait à ce faste. À présent la pluie tombait avec indifférence.

Au bord du chemin, perché sur une branche de hêtre, un oiseau noir laissait la pluie glisser sur ses ailes repliées. Il pleuvait et pleuvait dans un sourd bruissement continu. Et un étrange sentiment de culpabilité m'envahit, d'être restée si longtemps partie et de ne plus aborder ce lieu avec l'empathie nécessaire.

Le matin suivant la pluie avait cessé, et de la fenêtre de ma chambre, je vis mademoiselle Sanda passer le filet à traîner sur le court, afin d'en aplanir pour moi le revêtement rouge. Je la regardai aller de droite à gauche puis revenir, impassible comme toujours, et quand elle eut fini, la vis monter sur la chaise de l'arbitre pour juger du travail accompli.

Je lui criai de la fenêtre :

— Mademoiselle Sanda, je vous remercie ! Merci encore !

Et je ressentis à son égard un sentiment inédit de proximité, voire de gratitude, de la trouver elle au moins encore ici, comme pour me confirmer mon enfance enchantée et nos chicanes ô combien risibles.

Pour le reste, même sous un soleil radieux, B. m'était devenu étranger, presque méconnaissable, ce qui tenait aussi aux changements de dimensions : dans la plupart des fermes l'herbe vous arrivait à la taille, les maisons paraissaient sombres, comme rétrécies. Çà et là gisait un seau rouillé ou un râteau oublié contre une clôture, et quelques-unes de ces clôtures chères à mon cœur avaient disparu, tout comme la table de bois du jardin de mes non moins chères amies Tina et Arina.

« *Adieu, notre petite table** », chantonnai-je pour m'égayer en passant devant les fermes, qui, sans leurs clôtures, se confondaient avec le chemin. L'asphalte de la chaussée était bosselé, fissuré, des racines en jaillissaient, ainsi que des herbes fanées, gonflées de la pluie de la veille.

Le soir, tout le monde prit place à la table du jardin sous les lilas en fleurs, et il fallut parler de Paris, de ma vie d'étudiante, des expositions et du fameux *p'tit déj**, le café-croissant qu'on prend sur ces chaises de bistrots disposées comme au cinéma, face à la rue. Et les invités de s'écrier, ravis, que j'étais sûrement allés aux Deux Magots à Saint-Germain-des-Prés, et moi pour leur faire plaisir de dire que oui, « oui bien-sûr ! » Et quoique que leur intérêt fût bien réel et, grâce à leurs questions mon récit assez vivant, tout cela ajoutait encore à mon malaise, surtout parce qu'on parlait de « là-bas » et d'« ici chez nous ». Mais où étais-je donc encore « ici chez nous » ?

Puis une nuée de passereaux prit son envol dans le jardin, leurs petits corps frémissants de tous les « r » qu'ils roulaient. Et les amis s'exclamèrent :

– Vous entendez les passereaux ? Quel chant délicieux ! Trinquons à ces charmants oiseaux ! Où avez-vous caché le champagne ? Est-ce qu'on l'a seulement mis au frais ?

Mais moi j'étais mal, je me sentais lasse.

Plus tard au crépuscule, des chauve-souris nous arrivèrent des bâtiments en ruines, si nombreuses qu'elles produisaient une sorte de gargouillis d'eau vive, et c'en fut terminé de notre calme, car elles dessinaient dans l'air d'incessants zig-zags et volaient de tous côtés.

Margot et ses amis riaient. Ils criaient « Ouh ! » quand une chauve-souris leur passait devant la figure. Ils avaient l'air de s'amuser comme autrefois, lorsqu'ils pensaient à un autrefois encore plus lointain.

Je repartirais le lendemain, me dis-je. Je dirais qu'on m'attendait d'urgence à Paris.

Le cri dont il serait question plus tard, ce cri glaçant, je l'ai entendu dès la première nuit. Mais quand je me suis réveillée en sursaut dans mon lit, le silence était absolu, bien que Margot et nos invités dussent affirmer ensuite avoir été réveillés eux-aussi et avoir regardé dehors. L'ombre de la clôture et les sapins étaient immobiles, mais il y avait comme un poids dans l'air, comme si le clair de lune écrasait tout, nos fleurs, l'asphalte fissuré, les taillis foisonnants au bord du chemin et toutes les maisons voisines, avec ces bâtiments en ruine dans leur jardin.

Je scrutai la nuit par la fenêtre ouverte, cherchant des yeux ce qui tentait de s'immiscer chez nous. Dans l'extrême clarté lunaire j'avais l'impression de pouvoir distinguer la moindre tige et le moindre brin d'herbe, jusqu'aux entailles que j'avais sculptées, enfant, dans le portail de bois, et peu à peu je perçus un grattement, ou peut-être son écho, et dressai l'oreille.

— Montre-toi maintenant, l'exhortai-je, sors de là, que je te voie.

Le silence persistait. Au-delà de la forêt seule la rivière murmurait, coulisse éternelle du silence.

Vite je tournai la tête pour tenter de surprendre la chose.

Elle se dérobait à mes yeux, mais restait à l'affut.

Si seulement je l'apercevais, peut-être aurais-je moins peur. Je tournai la tête une nouvelle fois. Elle ne se faufilerait plus sans que je la voie.

Et puis je l'aperçus, par hasard, en me penchant au-dessus du rebord de la fenêtre pour fermer les volets. À côté de moi se faufilait quelque chose qui venait du toit, une créature qui avait forme humaine et dévalait à quatre pattes le mur de la maison, la tête la première, comme un lézard.

C'était tout en noir, si bien qu'irrésistiblement la blancheur des mains attirait l'œil, de longs doigts pâles et crochus. Je frappais la vitre de la paume, et quand elle se retourna, je la reconnus.

– Toi ?

La créature me regardait en face, provocante, et je criai tout fort : « Pscht », pour chasser l'intruse comme un animal, mais elle resta collée un instant au mur de la maison en me dévisageant, et sa figure se fendit d'un sourire lascif.

J'eus le sentiment qu'elle allait me sauter dessus.

Mais elle se détourna d'une torsion du buste et, me sembla-t-il, disparut dans une fissure du sol.

Tout en haut sous le toit, brûlait notre lampe de cire jaune. Contrairement à l'habitude, nul papillon de nuit ne lui tournait autour. Rien ne bougeait.

Le silence régnait de nouveau.

Je fermai la fenêtre bruyamment, mais restai encore un moment devant. Je ne voyais plus dehors par la vitre, car elle faisait miroir et je me voyais moi, la chambre dans mon dos, assise les mains sur mes genoux, en train d'imaginer toutes les histoires possibles et inimaginables.

IV

La chute

C'est à l'improviste qu'on décida de cette balade en montagne. J'avais passé deux jours dans la galerie du premier à dessiner les sommets dans leur brouillard bleuté. Il était grand temps que je voie autre chose, dit Mamargot. Elle n'était certes pas spécialiste en la matière, mais je donnais presque l'impression de vouloir imposer à la nature à grands coups de crayons la conception que j'en avais, une conception dramatique très victorienne, disait Margot. Ce qui nous fit rire.

Comme j'aurais aimé partager la conception qu'elle avait, elle, de toute chose, cette douceur qui confinait parfois au détachement.

Par moment cela me préoccupait d'être si différente, je le ressentais comme une trahison vis-à-vis d'elle.

Il n'y avait pas de chemins balisés au départ de B., du moins nous n'en connaissions pas, mais il ne tenait qu'à nous d'en trouver un beau. *En bonne compagnie nous marchons sur les plus beaux chemins**, lança quelqu'un, citant un auteur familier que j'ai, pour ma part, oublié. Une des dames objecta que nous n'étions guère chaussées pour la montagne, mais la remarque n'inspira que nouvelles plaisanteries – n'avions-nous pas, pour nous appuyer, les bras de nos cavaliers ?

Voilà donc notre joyeuse et bruyante compagnie en route vers la montagne, les messieurs en veston et chapeau de paille, les dames élégamment mises, la plupart en bas de soie et chaussures de ville. J'étais, moi, jambes nues et en sandales. C'étaient de confortables sandales vieux rose de chez Comme des Garçons dont je garde un souvenir extrêmement précis, comme si ces sandales revêtaient quelque importance. J'avais rapporté les mêmes en bleu roi à Mamargot.

Elle me pressa le bras en désignant nos amis :

– Regarde ! Ils sont vraiment à peindre…

Ce jour-là, Yunus, l'ami irakien de Geo qui louait aussi un de ses appartements à Bucarest nous avait rejoints. Geo nous le présenta en termes ronflants comme le fils qu'il n'avait jamais eu, un gentil garçon et un médecin plein d'avenir. Sur quoi il ne put résister à l'envie de nous conter une anecdote à son propos : Lors de la remise de diplôme en toge, avant le lancer de chapeaux, on avait entonné « Gaudeamus igitur », et Yunus avait pieusement porté la main à son cœur, pensant, figurez-vous, qu'il s'agissait de l'hymne national roumain. Les éclats de rire fusèrent, bientôt réprimés tant bien que mal pour ne pas embarrasser Yunus, mais il rit avec nous, en refaisant le geste de poser une main sur son cœur, et Geo d'ajouter :

– Maintenant, vous comprenez pourquoi je l'aime ? C'est un vrai patriote !

Je me rappelle encore avoir été frappée par la chevelure brillante de Yunus et sa frange démodée, dont il libérait régulièrement ses yeux d'un vif mouvement de tête. De toute évidence ma présence l'intimidait terriblement, et je faisais des cercles autour de lui en marchant avec une insouciance surjouée, me rapprochant, puis m'éloignant en traînant à l'arrière avec Margot, ou rejoignant à l'avant Domnica, la femme de Geo que nous nommions affectueusement Ninel, ou sa mère, madame Didina. Cette dernière était une cousine de Margot dont elle avait le fier maintien, la tête un peu levée, de sorte que je n'ai gardé d'elle que le souvenir d'une mâchoire au dessin prononcé et d'yeux presque clos, sans doute à cause de son port de tête altier.

On causait, on riait, et je vous rapporterais bien quelques anecdotes contées à cette occasion, si elles ne risquaient de vous détourner de l'histoire véritable et n'avaient été, de plus, quasiment supplantées par le thème de la corruption des politiques entamé par une tirade de Geo, un flot de paroles que les dames, désireuses de passer à des choses plus gaies, ne parvinrent à interrompre qu'un instant.

Geo s'échauffait contre la nomenklatura scélérate, et en particulier contre l'ancien maire du village et son fils qui lui succédait. depuis peu. Je lui avais pris le bras et semais dans son discours des : « Oui, ça je le sais », « Ah ça, j'ignorais ». Ils avaient détourné les fonds européens destinés à l'entreprise de tissage, expliqua-t-il, et, avec cet argent, racheté pour une bouchée de pain la villa de réception de Ceauşescu, cette résidence avec piscine couverte et terrains de tennis, ainsi que l'ancien hôtel et les trois restaurants sur la route de Cronstadt, et la compagnie régionale de bus leur appartenait aussi maintenant, c'est pourquoi les trains ne s'arrêtaient plus ici, tout n'était que combines avec leurs acolytes du parti.

J'étais bien arrivée en bus de Bucarest, n'est-ce pas ? Eh bien voilà ! Et ils avaient concocté ce projet de décharges d'ordures à seule fin d'enrichissement personnel. Et Geo d'énumérer toutes les affaires louches dont on parlait au village, en pouffant rageusement et en faisant les questions et les réponses.

— Une décharge d'ordures au village ? Vous pensez ! Ils ne sont pas fous. Ils ont commencé par acheter le terrain où la décharge devait être installée, puis ils l'ont revendu à l'État, cinq fois plus cher évidemment ! Ensuite c'est l'entreprise du beau-frère qui a encaissé les crédits publics, et maintenant tout citoyen doit payer un impôt sur les ordures, alors que les éboueurs ne sont jamais passés. Pas une seule fois ! Pourquoi passeraient-ils aussi, je vous le demande, quand on peut balancer ses ordures n'importe où dans la nature. Et bien sûr ils prétendent que les chemins devant les maisons sont trop étroits pour les grosses bennes et qu'il faut d'abord refaire ces routes. Et naturellement ils possèdent une entreprise de bâtiments qui va s'en charger.

— Mais on les connaît toutes ces histoires, Geo, ne t'énerve pas comme ça, dit Mamargot.

— Pense à ce que le pope a dit dimanche dernier, renchérit madame Didina.

— Oui, c'était un beau sermon, souligna Margot, il fallait absolument que j'aille entendre ce pope.

Et elle me prit le bras pour me narrer le sermon par le menu, assez fort pour être entendue de tous.

Par affection pour Mamargot qui tenait tant à me le rapporter, je m'en vais retranscrire ici ce sermon : On allait s'étonner dans l'au-delà de voir assis près du trône des gens qu'on avait méprisés ici-bas. Qui étions-nous pour juger ?

Le sermon en question parlait du pharisien et du douanier — tous deux symboles, pour le pope, des Roumains de notre époque.

Le pharisien, homme de bonne famille, bien vêtu, cultivé, réputé fort honorable, ne se gêne pourtant pas pour faire des affaires en roulant le douanier. Escroquer un escroc n'est plus de l'escroquerie, argue-t-il.

Le douanier, lui, est un abominable rustre, le type même du profiteur sous tous les régimes, peut-être un ex-collaborateur de la dictature communiste, et il est une fois de plus du côté du pouvoir. Il vous rançonne sur tout, s'en met plein les poches, rafle tout ce qu'il peut.

Tous les deux vont prier.

Le pharisien, droit dans ses bottes, remercie Dieu de l'avoir fait différent de bien d'autres tels que les voyous, les escrocs et — justement — le douanier.

Le douanier, en revanche, se tient en retrait, les yeux baissés, il se frappe la poitrine et implore : « Dieu, sois clément envers le pécheur que je suis ! »

Quel est le meilleur des deux, en fin de compte ?

— Eh bien ?, Margot m'interrogea du regard, pleine d'espoir, et je répondis : Ben, le douanier, bien entendu. Car il est dit : Celui qui s'élève sera abaissé, celui qui s'abaisse sera élevé.

Geo pouffa d'un rire méprisant.

— Le douanier aura-t-il renoncé à ses agissements après son humble prière ? Et moi, Geo le chanteur, l'artiste, ne ferais-je pas mieux de commencer par me regarder moi-même et de penser au salut de mon âme, au lieu de m'indigner contre les autres ? Est-ce donc si noble de détourner les yeux ? La société toute entière n'est-elle pas malade de l'indolence de ceux qui auraient les capacités intellectuelles de juger de la situation ?

– Oh Geo, soupira Mamargot, nous sommes tous malades. Et un jour, très prochain même, nous mourrons.

J'étreignis son bras et elle étreignit le mien en retour. Puis, à l'avant, Ninel cria qu'elle avait de petits chocolats dans son sac, quelqu'un en voulait-il ?

Je me souviens qu'un de nous était en train de raconter l'une de ces blagues de l'ours et des lièvres, mais que Geo revint vers moi et, au mépris des prières de Margot, insista pour m'exposer comment les élections avaient été gagnées ici, une vaste fraude abondamment documentée par les reportages. Mais à quoi bon ? Cela faisait des lustres que la Roumanie avait sombré dans sa léthargie de Belle au bois dormant. La première strophe de l'hymne national ne disait pas pour rien : « Éveille-toi, Roumain, de ton éternel sommeil ! » Quand allions-nous nous réveiller ? Quand ?

– Oui, quand la femme de Geo va-t-elle enfin se réveiller ?, cria Ninel, qui était passée à l'arrière maintenant. Et tout le monde rit de cette blague que je ne connaissais pas encore.

– Ah, les enfants, s'écria madame Didina, dites-moi plutôt quel est cet oiseau qui chante là !

Mais Geo ne se laissa pas détourner de son propos et expliqua qu'ils avaient aussi fait main basse sur les bois et clôturé tant et tant d'hectares de forêt avec du grillage électrique pour s'en faire une chasse privée, qu'on s'imagine un peu, dit-il outré. Et qu'ils avaient aussi détourné la rivière, maintenant elle irriguait leur chasse, et ils s'étaient aménagé un étang de pêche, rien que pour eux, bien entendu.

La véhémence de Geo la rendait nerveuse, se plaignit madame Didina ; et ce qu'il disait l'irritait passablement, surtout la manière dont il le disait, comme si nous étions tous ici responsables des escroqueries d'autrui.

– Excuse-moi, Geo, la soutint Mamargot, mais tu accuses la Nomenklatura et tu parles exactement comme elle.

– Nous sommes venus admirer la nature et en jouir, reprit madame Didina.

À ces mots je levai la tête et vis les petits moucherons danser dans les rayons de lumière, j'entendis les pics cogner dans les arbres au-dessus de nous et un peu plus loin, et quelqu'un s'étonna que le cerveau de ces petits oiseaux ne se ressente pas des coups violents qu'ils assènent au bois. Apparemment ils ferment aussi les yeux en tambourinant et en déchiquetant le bois, afin de se protéger des copeaux qui volent. Et on ne parla plus que de ces choses et uniquement d'elles.

Notre petit groupe chatoyait dans les reflets de lumière, à chaque coup de vent c'était comme si nous sautillions tous brièvement en mesure, tandis que, quelque part en bas la rivière bruissait, comme pour apaiser nos inquiétudes et nos peurs. « Ch ch... »

Ce devait être la rivière déviée récemment de son cours, avant elle ne passait pas là – mais je n'en ai pas la certitude, car je ne m'étais peut-être jamais encore trouvée sur ce sentier où nous cheminions. Il n'y avait de balise nulle part, et seulement de temps à autre une croix fichée dans la pente. Bientôt ces croix à la mémoire des randonneurs accidentés se

firent plus nombreuses, et je me souviens d'une inscription :
« Bon voyage, inconnu, je me suis arrêté ici. »

Nous nous sommes signés, et une des dames a dit : « Oh mon Dieu ! », sur quoi nous avons éclaté d'un rire si violent qu'il nous fallut faire une pause.

Comment l'expliquer ? C'était aussi incoercible qu'un frisson, nous nous tordions de rire. Nous rions comme autrefois dans mon enfance avec « Zitti, zitti » et les blagues dans la galerie, quand quelqu'un désignait du bras la rivière teintée de rouge sombre, en jouant Moïse qui provoque la première plaie de l'Égypte.

Une hilarité explosive, contagieuse. Même Geo s'esclaffait lui aussi à présent, enfin nous riions tous ensemble, toujours plus fort, à bout de souffle, aux larmes. Pourtant le sentier était raide, et à chaque pas nos pieds prenaient appui sur des racines proéminentes pour assurer notre ascension. Il faut nous imaginer en proie à ce fou rire dans nos beaux atours sur ce chemin tellement escarpé, nous collant carrément à la paroi rocheuse humide qui s'élevait à notre gauche, sondant du regard les profondeurs du précipice où la rivière grondait sous la brume qui montante.

Quand nous cessâmes de rire, le silence s'installa, et le grondement de l'eau en bas s'amplifia comme si elle allait arracher sous nos pieds l'étroit sentier aux racines saillantes. À partir de là il se peut que je m'emmêle dans la succession des évènements, peut-être aussi, parce que, après coup, aucune succession des évènements ne fait sens.

Je reprends la plume après avoir suspendu quelque temps mon récit, assaillie de doutes quant à ma capacité de raconter cette histoire. Car je m'étais mise à douter sérieusement de l'exactitude de mes souvenirs, ayant réalisé qu'au moment de l'accident je n'avais guère fait attention, du moins au déroulement des faits que je me suis promis de rapporter ici. Je pensais que ceci était mon histoire pour la simple raison qu'elle m'était arrivée, mais il se pourrait aussi que ce fût comme une tâche assignée à quelque moment oublié depuis longtemps.

D'innombrables fois j'ai relu cette phrase où j'écrivais que je m'emmêlais peut-être dans la succession des évènements, parce qu'aucune succession des évènements ne fait sens. À présent il me semble que c'est le contraire et que, donc, *n'importe quelle* succession des évènements ferait sens, puisqu'il ne s'agit pas d'une relation de cause à effet, mais d'une seule et unique chose – du destin.

Pourtant n'était-ce pas précisément contre cela que je voulais m'inscrire en faux ici, contre cette pensée paralysante que nous sommes tous promis à un destin impossible à défier ?

De nouveau s'est écoulée une interminable période de ce qu'il me faut bien qualifier d'irréductible inertie : incapable de décrire cet épisode, comment pourrais-je le raconter ?

Mais à présent ma décision est prise : j'écrirai, comme je peux, j'écrirai comme si je peignais un tableau sur un mur, une fresque valaque avec, au milieu de l'image, un démon bien précis.

Nous étions donc perchés là-haut sur ce raidillon où nous avions peur de nous mouvoir. En bas la rivière grondait, l'humidité nous faisait frissonner. Je crois que nous nous sommes tus longuement et qu'ensuite, de nouveau, nous avons parlé, vite, dit n'importe quoi, fait des blagues. Cette histoire crue de l'ours qui se torche le derrière avec de petits animaux et finit par tomber sur un hérisson. Puis quelqu'un a pleuré tout à coup. Et il y eut aussi une dispute, mais je ne sais plus qui s'est disputé avec qui ni à propos de quoi, il s'agissait de broutilles. Je pourrais, bien sûr, supposer que c'est à cause de cette dispute que madame Didina s'est détournée du sentier, mais ce serait désigner un coupable alors qu'il n'y en a pas. Madame Didina a simplement glissé, cela aurait pu arriver à chacun d'entre nous.

Elle tombait, elle tombait. J'ai vu madame Didina devenir toute petite au loin, puis culbuter sur elle-même, avant de disparaître dans la brume du sol.

V

La crypte sur la colline

Mademoiselle Sanda ouvrit toutes les fenêtres et toutes les portes de la maison et recouvrit tous les miroirs de draps noirs. Elle ne cessait de rallumer les bougies qui s'éteignaient à cause des courants d'air.

De vieux paysans qui vivaient encore au village vinrent nous présenter leur condoléances en tournant leur bonnet dans leurs mains, et trinquer d'un air chagrin en l'honneur de la défunte. Il se présenta aussi toutes sortes de femmes que je ne connaissais pas et qui voulaient nous manifester leur sympathie, dont une très vieille toute ridée que personne ne remettait et qui, au beau milieu de la pièce, se dépouilla de son foulard, découvrant une magnifique chevelure couleur rose fuchsia dont elle se mit tout de go à arracher des mèches par poignée en se lamentant d'une voix rauque : « Didina ! Dina ! Où es-tu partie, mon âme ? Pourquoi nous abandonnes-tu, là tout seuls ? »

Alors que Ninel, Geo et même quelques-uns de nos invités se laissaient étreindre par ces étrangers aux visages humides de larmes et commençaient à pleurer avec eux, ces visites pesaient visiblement à Margot, mais elle ne s'y pliait pas moins avec la douceur résignée qu'on acquiert face aux choses de la mort.

Puis arriva aussi Atanasie – Ata comme nous l'appelions autrefois – tout de noir vêtu, smoking noir à revers de soie noir. Mademoiselle Sanda lui présenta le plateau d'argent avec les canapés, et elle lui expliquait consciencieusement la garniture de chaque bouchée lorsque quelqu'un tendit la main au-dessus du plateau, « J'ai bien l'honneur ! J'ai bien l'honneur ! », et le renversa par mégarde. Je vis Ata décliner les propositions spontanées de nettoyage de son smoking et regarder autour de lui, sa serviette blanche à la main – c'est à ce moment-là que nos yeux se croisèrent.

Il vint vers moi, me baisa la main et me présenta ses condoléances. Il employa une belle formule comme : « Que Dieu l'accueille dans la cohorte des justes. » Puis il avisa mon décolleté.

– Elle vient de moi, cette croix ? demanda-t-il.

– Je ne pense pas, dis-je

Je ne m'expliquais pas qu'il suppose que la petite croix de ma chaîne venait de lui. Peut-être avait-il offert jadis des croix aux filles du village et ne se souvenait-il plus exactement à qui. Je ne comprenais pas non plus pourquoi cette pensée m'affectait autant.

– Notre Parisienne !, s'exclama Sabin Voicu à côté de moi, l'ex-maire du village, le père d'Ata.

Il me plaqua des bises sonores sur les deux joues et me pressa contre lui en soupirant.

– Il ne faut pas pleurer les vieux, dit-il d'un air chagrin, ainsi va la vie.

Si nous avions besoin de quoi que ce soit, il était là.

– Merci beaucoup, dis-je en évitant de prononcer son nom, car bien qu'il ait été maire toute mon enfance et mon adolescence et qu'on ait souvent parlé de lui, j'ignorais toujours s'il s'appelait Sabin Voicu ou Voicu Sabin, à savoir lequel des deux était son nom et lequel était son prénom, sur les panneaux comme dans les articles de presse on voyait tantôt l'un tantôt l'autre, et les gens le nommaient tour à tour monsieur Sabin et monsieur Voicu.

Sabin Voicu ou Voicu Sabin, lui-même se présentait aussi tantôt comme ci tantôt comme ça. Puisqu'il sera, hélas, souvent question de lui dans mon récit et qu'il ferait beau voir qu'il vous embrouille vous aussi, je le nommerai tout simplement Sabin. Son apparence était aussi marquante que son nom était, pourrait-on dire, fluctuant. Tout peintre eut trouvé en lui, je pense, un modèle digne d'un portrait. Sa personne entière respirait l'outrance, il semblait porter de lourds secrets à fleur de peau, et dans son regard entrait toujours une dose calculée de tragique. Il étreignit son fils, les yeux clos, comme pour lui présenter ses condoléances à lui aussi. Puis je les vis se mêler tous deux à la foule des endeuillés, un jeune homme à l'imposant nez aquilin qui coiffait ses cheveux noirs en arrière, et un petit homme rondelet au crâne luisant, auquel adhéraient de rares mèches de cheveux.

Enfant, j'avais vu, un jour, la mèche trompeuse que Sabin se laissait pousser au-dessus de l'oreille gauche et plaquait soigneusement sur son crâne, se soulever sous l'effet d'un coup de vent et se dresser en l'air telle une faucille.

Je regardai Ata saluer les gens avec réserve avant de s'éclipser en vitesse, alors que son père s'attardait longuement auprès de nous. Son organe éploré émergea du brouhaha des voix quand il fut devant Ninel : « Ah, c'est affreux, affreux, il nous faut tous être courageux maintenant. » et « Il faut continuer à vivre ! » Même Geo se laissa étreindre et taper sur l'épaule, il était impossible de se soustraire à sa prétendue sollicitude.

– Si je peux faire quelque chose, dites-le-moi, je vous en prie ! Je vous en prie ! Nous nous connaissons depuis des années. On devient sentimental avec l'âge !

Il transpirait, sa longue mèche avait glissé sur le côté, le spectacle faisait peine à voir.

Je le vis sortir de la cuisine et proclamer solennellement qu'il faisait juste un tour dans le jardin et revenait tout de suite. Il allait et venait sans cesse, se dépensant partout, et chaque fois qu'il passait à côté de moi, haletant, suant, il disait : « Il ne faut pas pleurer les vieux ! ». Et chaque fois, c'est tout juste si je ne me sentais pas obligée de le remercier de ses paroles, de son insistance, et de se comporter comme s'il était le maître de maison. Il alluma des bougies, se mit bientôt à monter tout le vin de la cave pour boire à la santé de la défunte, et nous en rapporta un écureuil empaillé qu'il y avait déniché : « Mais regardez-moi un peu ce petit voyou qui pendouillait là en bas ! »

Ninel prit l'écureuil dans ses bras, et certains amis commencèrent à parler du moment où l'on avait, jadis, échangé les meubles de la villa, « la Villa Diana, n'est-ce pas ? », « Oui, Diana, tu avais oublié ? » Comme ils étaient jeunes alors et qu'ils s'étaient amusés, y compris avec madame Didina, Dieu ait son âme, qui fumait à grands gestes en jouant aux cartes et trichait avec une dextérité qu'on n'était pas près d'imiter !

Sabin versait le muscat ottonel des vignes de Geo et la

liqueur de la Vistule dans les verres qui lui tombaient sous la main, au besoin dans des verres à schnaps, il y avait du cozonac aux noisettes ou aux loukoums de chez capşa, et mademoiselle Sanda avait préparé des millefeuilles au fromage et aux champignons. « On a compté les assiettes à bordure d'or, je vous préviens », siffla-t-elle aux vieilles femmes, tandis que nous évoquions entre nous avec animation les beaux souvenirs d'autrefois, interrompus seulement par ces mêmes vieilles femmes du village qui ne se lamentaient plus qu'à voix basse, entre deux bouchées, et soupiraient : « Ah Didina, ma petite âme, pourquoi nous abandonnes-tu, nous tout seuls ici ? »

– C'est terrible, dit Sabin, les belles années sont derrière nous, et nous vieillissons tous... tous sauf madame Margot, elle, elle ne vieillit pas, affirma-t-il en lui tapotant l'épaule.

Mais savait-elle que tout le monde avait, depuis des années, avancé sa clôture de quatre mètres dans la forêt et que seule la sienne n'avait pas bougé ? Il était pourtant prêt à fermer les yeux, il pouvait même se charger des travaux. Pour un court de tennis supplémentaire aussi, si elle voulait. Et Margot hocha la tête et laissa Sabin la resservir, sur quoi il repartit remplir les verres à ras bord – sans oublier le sien, tendant le premier le bras par la fenêtre afin d'en verser une goutte dehors – pour l'âme des morts. Et je crois avoir vu les larmes lui monter aux yeux, quand il fit ce geste.

La défunte, elle, reposait à côté du salon, dans une petite pièce qui donnait sur l'escalier de derrière, une pièce froide où l'on stockait habituellement des caisses. J'y jetai un regard furtif. Elle avait été rangée. La dépouille de madame Didina gisait sous un drap blanc sur un lit d'enfant, et sa forme n'évoquait pas vraiment celle d'un corps. Sur la petite table à côté d'elle brûlait une chandelle rouge.

Il avait été décidé d'inhumer madame Didina sans tarder au cimetière de B., dans la crypte de ses grands-parents – qui étaient aussi ceux de Margot. Celle-ci n'y était pas allée depuis longtemps et ne savait plus exactement quels membres de la famille y étaient enterrés et s'il y avait encore de la place, elle emporta donc, à toutes fins utiles, un petit sac pour les ossements qu'on devrait peut-être transférer.

À l'exception de Geo et de Ninel qui allaient chercher le pope et son diacre en voiture au village voisin et de quelques amis qui devaient arriver de Bucarest par le bus, nous nous rendîmes tous à pied au cimetière, la famille, les invités, mademoiselle Sanda avec un balai, une pelle et un seau plein de chiffons, et l'inévitable Sabin qui prétendait qu'on ne pourrait pas s'y retrouver au cimetière sans lui. Il avait aussi emmené un gitan de petite taille, équipé d'une grosse masse.

On pouvait apercevoir le cimetière à partir du premier virage, en haut à droite derrière les grands chênes. Je l'ignorais, ayant toujours pris ces points gris pour des troupeaux de moutons, alors qu'il s'agissait de vieilles tombes, de pierres et de statues tombales richement ornées avec des croix enchâssées, le tout à moitié enfoui dans le lierre, les herbes folles et les fourrés.

Il n'y avait pas de sentiers dans le cimetière, qui s'étendait le long de la colline jusqu'à un petit bois, il fallait se frayer un chemin entre les tombes.

Nous allions de tombe en tombe en lisant les noms et les années quand c'était encore lisible. Mamargot crut reconnaître tel ou tel nom de famille, dont celui de son parrain et

de sa marraine à la somptueuse villa. Et Sabin se rengorgea :
« Voyez un peu s'il est imposant, ce cimetière, on se croirait
à Bucarest ou à Paris, qu'on ne vienne pas me dire après
ça que nous sommes un village ! » Enfin nous trouvâmes
la crypte, une belle crypte en marbre aux longues fenêtres
sans vitres. « J'ai les hommes qu'il vous faut, ils vous feront
des vitres dignes d'une cathédrale italienne », assura Sabin,
et Mamargot se contenta de dire : « Ah, bien. », en passant
la main sur le mur au marbre verdi par les intempéries, qui
portait plusieurs inscriptions.

— Regardez, commença Sabin comme pour entamer une
visite guidée, vous avez là des tombes de 1764 et de 1490,
et en voici une de 1477. Vous vous rendez-compte : 1477 !
Qu'on ne vienne pas me dire que nous n'avons pas d'histoire,
nous ici !

Et c'est tout juste si l'envie de rire ne nous reprenait pas.

— Un ami suisse m'a dit que, là-bas, on loue des tombes à
ses morts, et qu'au bout de vingt ans, terminé, ils sont virés
et leurs ossements dispersés sur les tombes voisines. Là, pas
une seule famille n'a encore ses morts de 1477 dans leur
tombe, pas même la famille Einstein.

Le grincement d'une pompe retentit, Mademoiselle Sanda
remplissait le seau.

— Alors au travail, s'écria Sabin avec une ardeur enjouée,
en retroussant ses manches.

Trois de nos amis aidèrent à soulever la lourde plaque de
marbre par les anneaux de fer et à la pousser de côté. Un
angle se brisa, mais qu'on pourrait réparer, affirma Sabin.

— Allez, on continue !

Ils glissèrent une échelle dans la crypte pour le gitan nain, qui descendit avec une lampe de poche et en revint quelques instants après. Il dit avoir vu trois tombes les unes sur les autres à gauche, et trois pareilles à droite, ainsi que trois autres un peu plus loin, et tout à fait derrière, deux tombes creusées dans le sol.

Mais qu'y avait-il sur les murs de séparation ? Y avait-il des inscriptions ? Et lesquelles ? s'enquit Mamargot qui se posait manifestement les mêmes questions que moi.

« Il ne sait pas lire », dit gaiement Sabin, quelqu'un de la famille devait descendre avec lui.

Mamargot me pria d'y aller et de lui faire ouvrir une des tombes les plus anciennes, elle me remit le petit sac pour les ossements.

Je descendis dans la crypte à la suite du nain et entendis encore Sabin dire que « ce petit gitan » était un type épatant dont il répondait totalement et qu'il pouvait sans problème l'envoyer un de ces jours allumer une bougie et balayer un peu là-dedans, à quoi Magot répondit que mademoiselle Sanda pouvait également s'en charger, puis j'entendis un crissement qui devait provenir du balai de cette même Sanda. Je touchai le fond de la crypte, et mes pas résonnèrent plus fort que les voix qui nous venaient d'en haut.

Le gitan me passa la lampe de poche et j'examinai les petites plaques de pierre qui étaient fixées au mur : celle de l'année 1490, d'une certaine Ecatarina Fronius Siegel, était en bas à droite.

— Ouvrez cette tombe-là, celle du dessous, s'il vous plaît, dis-je.

— Dessous, c'est bien, dit le gitan nain, et j'eus un peu mauvaise conscience de trouver ça drôle.

Comme un rai de lumière lui parvenait par le trou de l'entrée, je pris la lampe de poche pour aller voir les autres tombes. Toutes étaient anciennes, la plus récente étant celle de Raluca Marie Filipescu, 1789-1849, probablement une aïeule d'une arrière-grand-mère ; j'avais vu la tombe d'un Antoine Filipescu avec une date de décès bien plus récente dans notre crypte familiale au cimetière Bellu de Bucarest. J'allai aussi examiner les tombes de derrière – celle de gauche dont la tombale était méconnaissable à cause de l'humidité extrême qui se concentrait là au sol, puis celle de droite. Et en même temps que le gitan démolissait à coups de masse réguliers la paroi de la tombe en bas à droite, l'espace se remplissait d'une poussière froide et semblait du coup s'éclaircir, bien qu'en réalité on y vît de moins en moins.

À mon insu je me tenais donc devant la tombe qui allait devenir si célèbre.

La poussière blanche affluait dans la faible lumière de la lampe de poche, et je dus me baisser sur la dalle pour distinguer quelque chose. Quand je pus enfin voir, je reculai en sursautant et dus laisser échapper un son, que perçut le gitan.

Certains d'entre vous auront vu la photo de la dalle – moi-même je la vis mieux sur cette photo des médias où les contrastes avaient été retravaillés. Mais quand je me trouvai devant, je ne reconnus pas ce qui était gravé, je crus même voir quelque chose de tout à fait différent : deux chiens en train de s'accoupler, le mâle chevauchant la femelle et leurs deux corps crispés formant un cercle fermé aux extrémités, aux parties génitales et aux têtes, le mâle maintenant la femelle par la nuque.

Ceux qui connaissent l'image conviendront qu'on peut

l'interpréter différemment, puisqu'elle représentait en réalité un dragon qui l'emporte sur un lion, à savoir l'Ordre du Dragon.

— Faudrait qu'Ata voie ça, lança soudain le gitan à côté de moi. Il se le ferait tatouer en vitesse, comme les Italiens.

Je revins à la tombe avec la lampe de poche et ordonnai à l'homme de poursuivre sa tâche.

Il obtempéra, donna quelques coups de massue sur la tombe et un mur de briques apparut sous la couche de ciment, les briques étant juste empilées les unes sur les autres, on pouvait les tirer comme des tiroirs. Le gitan en mit quelques-unes de côté pour faire de la place. Puis il se tourna vers moi, une brique en main, avec, en arrière-plan, la tombe ouverte qui lui arrivait aux aisselles, et demanda d'un air sournois si on ne devrait pas y chercher aussi des bijoux. Il ne disait même pas « bijoux », la bouche en cœur il disait : « joyaux » !

— Qu'est-ce que vous dites ?, demandai-je.

Il répéta, et un fou rire inextinguible me secoua de la tête aux pieds C'était plus fort que moi, je riais à gorge déployée, me tenant au mur et aspirant l'air avec peine entre deux accès, je haletai :

— Répétez, je vous en prie !

En haut quelqu'un demanda : « Tout va bien ? », tandis que je tombai à genoux, riant aux larmes :

— Répétez ça, je vous en prie, répétez !

Et le gitan resta planté là, pétrifié, sa brique pressée contre sa poitrine, détournant les yeux.

— Dépêchez-vous, cria une voix d'en haut.

Et d'autres se joignirent à elle :

— Oui, dépêchez, il commence à faire froid ici.

J'avais presque le vertige à force de rire, sans doute aussi à cause du manque d'air ici en bas.

Quand je me penchai à quatre pattes vers l'intérieur de la tombe, je trouvai sur le sol de pierre quelques ossements : un bout de calotte crânienne, quelques os plus longs et des éclats d'os, que je ramassai soigneusement et glissai dans le sac, ainsi que quatre ailes ornementales en fer forgé grandes comme la main, sans doute les coins du cercueil, et une paire de souliers de soie verte avec une pierre violette et un petit talon carré, coquettement recourbé. L'aïeule enterrée ici en 1490 avait-elle de si petits pieds ou les souliers avaient-ils rapetissé à cette dimension de chaussures de poupée, me demandai-je, les deux probablement, les souliers étaient comme neufs.

Je n'ai rien vu de cette fumée verte dont il sera question ensuite, je ne me souviens pas non plus de quelque odeur insistante, ça ne sentait que la terre froide et la poussière.

Une fois dehors, je regardai de nouveau le nom qui était gravé. J'avais bien recueilli les ossements d'Ecaterina Fronius Siegel.

Vers midi nous étions de retour à la maison avec la famille et les amis, je n'avais pas revu beaucoup d'entre eux depuis l'enfance et nous nous étreignîmes avec chaleur, ma mère aussi était là, et le pope et son diacre arrivèrent avec Ninel – dont je me souviens qu'elle portait une robe de dentelle noire à plusieurs volants et ne cessait de parler doucement à Geo, en lui caressant les cheveux pour le consoler.

L'air était gorgé d'encens, à travers les nuages de fumée tout le monde se mouvait plus lentement que d'habitude, avec bienveillance.

Sur la table du salon le petit sac de tissu avec les ossements attendait d'être béni, pour être ensuite déposé dans la tombe de madame Didina. Mais quand le pope entama la bénédiction et que nous nous signâmes en regardant le sac, il me revint que les petites ailes décoratives et les souliers verts y étaient encore. Je m'avançai, écartai le chandelier dans lequel brûlait une bougie, m'emparai du sac, en retirai les ornements de fer et les chaussures, que je posai à côté du sac sur la table. Et juste au moment où le pope récitait la belle prière, « Dieu des âmes et des corps qui a anéanti la mort et déchu le diable... », mademoiselle Sanda se mit à pousser une série de cris d'animaux, des sortes de grognements porcins dont nous ne distinguâmes les paroles que peu à peu, lorsque quelqu'un se fut précipité avec un verre d'eau :

– Les chaussures ! Pas de chaussures sur la table !

– Le diable soit de vos superstition, mademoiselle Sanda, s'écria ma mère, indignée, avant de s'excuser auprès du pope : Cette femme vit dans une peur de tous les instants !

Effectivement, avec mademoiselle Sanda étaient entrées chez nous toutes les superstitions du village, une variété infinie de craintes et de préventions dont nous avions d'abord pris connaissance avec la curiosité que nous inspirait le folklore local, mais qui, au fil des ans, restreignaient et orientaient de plus en plus nos actes.

Adolescente, j'en avais dressé la liste pour me moquer : le sel renversé sur la table apportait la dispute, il fallait ramasser les grains et les jeter par-dessus son épaule. Il ne fallait pas non plus verser de l'eau dans des verres qui n'étaient pas complètement vides ; et entamer une miche de pain des deux côtés n'apportait rien de bon. Quant aux ciseaux qu'on laissait ouverts, ils entrainaient de brusques conflits. Et pas question non plus de poser un couteau la lame vers le haut. Sortir les ordures le soir portait malheur. Nettoyer les tapis ou étendre le linge après le coucher du soleil était également fatidique. Tout comme ouvrir un parapluie dans la maison. Et si on empruntait un balai, on recevrait bientôt des coups. De même si on s'interrompait quand on était en train de faire le lit.

Tout ceci pouvait encore être attribué à la manière tatillonne qu'avait mademoiselle Sanda de tenir la maison. Mais la superstition imprégnait ses gestes les plus anodins : qui se grattait l'oreille gauche serait bientôt l'objet de médisances. Même chose si on regardait ses ongles. Si votre nez vous démangeait, vous seriez bientôt battu. Et qui laissait échapper le peigne en se coiffant aurait bientôt des raisons de pleurer. De même si on laissait tomber un couteau ou enfilait un vêtement à l'envers ou mettait une chemise en commençant par le bras gauche. Et si on marchait avec une seule chaussure, quelqu'un mourrait bientôt. Idem si on se regardait dans la glace en tenant une bougie.

Il ne fallait pas non plus passer sous une échelle. Sanda ôtait toujours l'échelle du pommier pour la coucher derrière la dernière clôture.

Il fallait avoir de l'ail en quantité chez soi, si possible des tresses entières. Mais on ne devait pas sortir l'ail de la maison la nuit – ça portait immanquablement la guigne.

À chaque instant Sanda semblait détourner de nous quelque grand malheur par de petits gestes qui n'en étaient pas moins fort précis, et nous suivions les soins dont elle entourait la maison avec une fascination grandissante, voire pour certains d'entre nous avec une admiration qui confinait au respect.

« Cette superstition a bien une origine, observait plus d'un invité, peut-être signifie-t-elle quelque chose ? »

Et Mamargot en personne d'affirmer qu'elle n'était pas superstitieuse pour un sou, mais qu'elle faisait tout de même attention.

On ne devait pas enfiler ses chaussons à l'envers le matin au saut du lit, pas plus qu'on ne devait être le treizième à entrer dans une pièce.

Et Margot de sortir toujours de la maison par la porte où elle était entrée. Si bien que la petite porte de derrière qui donnait sur le potager restait pratiquement inutilisée.

Le soir, il était interdit de se regarder dans la glace, surtout à la lueur d'une bougie, et il ne fallait pas non plus se couper les ongles, ni d'ailleurs le vendredi ni le dimanche. Jeter des rognures d'ongle au feu portait malheur, nous avertissait Sanda, exactement comme cracher dans le feu.

Ça n'arrêtait pas.

Je décidai de rechercher sans tarder mon vieux cahier et d'y ajouter la superstition des chaussures sur la table.

VI

Il y a quelqu'un, là

Cette fois c'est le silence qui m'éveilla, un silence si absolu que mes propres mouvements me causèrent une frayeur. Le grand miroir à droite du lit avait disparu, le mur nu semblait s'être rapproché. Le drap immaculé brillait au clair de lune, je me hâtai de le resserrer étroitement autour de moi, pour apaiser mon souffle.

Je parcourus les pièces en cherchant les meubles ; ils avaient tous disparu. Le parquet était couvert de rectangles gris. Une énigme ! J'aurais pourtant dû me souvenir de ce qu'il y avait ici avant. Comment avais-je pu l'oublier ?

Je regardai le rectangle près de ma porte et réfléchis avec effort, mais à mon grand effroi je n'étais même pas certaine que la porte eût réellement donné sur ma chambre.

J'étais toute seule. Il n'y avait plus personne pour me parler d'autrefois. Tout ça était définitivement révolu.

Je pleurais sans bruit et sentais mon front se crisper. Combien de temps pouvais-je avoir dormi ?

Le parquet craqua, je voulus me cacher. La panique me

prit d'être encore là. Je n'avais pourtant plus le droit d'être là, alors que tout le monde était déjà parti.

La porte de l'escalier gisait par terre, elle était difficile à ouvrir. Je m'efforçai de tirer sur les poignées bagues sans bruit, tandis que des pas approchaient. Je tirai un grand coup, elle s'entrouvrit un peu, et je me faufilai par la fente.

Je connaissais bien l'escalier, le descendis en courant, pieds nus, en m'appuyant à la balustrade qui était à présent couverte de boue. Je glissai et tombai dans la boue, tombai dans les racines et les branchages, tentai de me rattraper à quelque chose, mais ne saisis que des feuilles mortes et continuai à glisser, toujours plus vite, tantôt sur des cailloux, tantôt sur du lierre et de l'herbe, toute contorsionnée.

Puis quelqu'un dit tout près : « Chuuuut », peut-être moi qui n'étais pas encore morte et continuais à avancer dehors, à gravir le chemin sous le clair de lune.

Je savais qu'il ne fallait pas tourner le dos à la maison. Comment le savais-je ? Je marchais de biais en croisant les pieds et, tous les trois pas, esquissai un saut. Je sentais l'air froid de la forêt dans mon dos et entendais un léger grattement sous l'écorce des arbres, mais pas maintenant, pas maintenant, me disais-je. Je comptais les pas, un-deux-saut, un-deux-saut.

Bientôt j'eus reconnu la figure et pus danser plus vite, il le fallait, je ne devais surtout pas être retardée.

Je faisais semblant de ne rien entendre, de ne pas avoir remarqué qu'il me suivait.

Je l'entendais venir un peu plus bas, en émettant des cognements irréguliers, comme s'il trébuchait dans son long vêtement.

Il fallait que je garde la cadence !

Je me soufflais la cadence à mi-voix, avec des sortes de petits gémissements, et je savais qu'il ne fallait pas regarder en bas, même s'il venait à m'appeler.

Je ne voulais pas écouter, mais je l'entendis qui m'appelait, d'une manière désuète, presque suave.

Le glissement et le claquement de ses souliers, de petits pas qui se rapprochaient toujours plus.

À présent je voyais aussi les souliers :

Il portait des souliers de femme !

Les souliers verts !

Je sentis sa prise glacée sur mon poignet, avant qu'il ne me torde le bras en arrière, puis les boutons froids qui se pressaient entre mes omoplates, son haleine chaude sur mon cou. Je renversai la tête sur son épaule, qu'il leva doucement.

Nous étions appuyés l'un contre l'autre, dans le désir.

Pourquoi me suis-je alors mise à crier ?

Quelqu'un me mit la main sur la bouche en disant : « Chuuuut ! »

C'était Yunus, couché à côté de moi.

Yunus écarta mes cheveux trempés de mon front. Est-ce que je voulais un verre d'eau ?

— Non, je t'en prie non, le parquet craque.

Est-ce que je voulais qu'il me raconte quelque chose de drôle ?

— Une histoire de mon service militaire ?, demanda-t-il. Et j'acquiesçai.

— D'accord, dit-il avec bonne humeur, et je m'assis sur mon séant dans le lit, adossée au gros oreiller.

Pendant qu'il racontait, j'inspectais minutieusement ma chambre pour bien retenir la disposition des meubles : la grande armoire en chêne à ma gauche et le coffre rustique à côté, dans l'angle d'en face les deux fauteuils avec la petite table à jouer, à la fenêtre le chevalet aux pieds duquel collait de l'herbe, au-dessus, le tableau d'Arthur Verona dans son cadre doré – comme une autre fenêtre sur le pré vert avec deux petits bergers allongés –, à ma droite enfin le grand miroir et au-dessus de moi, à la tête du lit, en direction de l'Orient – que je ne pouvais pas voir d'où j'étais mais dont je savais qu'il se trouvait là – les icônes et la petite lampe à huile qu'on laissait toujours allumée.

Yunus raconta qu'à la conscription il s'était présenté comme indéniablement inapte au service, mais qu'on l'avait trouvé si apte qu'il avait été versé dans les parachutistes. Il avait alors dix-sept ans, le même âge que ses camarades, et tous ils avaient peur de sauter. Tous ils se cramponnaient de toutes leurs forces à la porte de l'avion, si bien qu'un petit gars trapu devait embarquer avec eux rien que pour les pousser dans le vide.

– Comment ? demandais-je à Yunus.

– Comme ça, dit-il en faisant mine de me pousser hors du lit, pour mieux me retenir en m'étreignant.

– Je n'ai rien senti, dis-je.

Il rit et répéta son geste, m'obligeant à m'agripper à lui. Sans prévenir je le poussai à mon tour, si fort qu'il tomba vraiment du lit, à grand bruit, et que nous fîmes tous deux : « Chuuuut », en riant à voix basse.

Pourquoi n'avait-il pas ouvert son parachute ?

Il se releva en disant : « Vengeance ! » et il prononça le

mot d'une manière si drôle, si étrangement maladroite, que j'eus envie de le seconder. Ce qui suivit n'a pas à être dépeint ici *en détail**, libre à chacun de se l'imaginer – même si dans l'exaltation du souvenir j'incline à penser qu'on ne peut sans doute pas se le figurer.

À l'aube je priai Yunus de me raconter une histoire et il me narra son invasion du Koweït.

– Alors, écoute bien ! commença-t-il gaiement.

Un jour, l'avion qui entraînait les jeunes parachutistes garda sa vitesse de croisière bien plus longtemps que d'habitude, ils pensèrent d'abord que c'était à cause du mauvais temps, mais dehors le ciel était limpide. Ils transpiraient, car ils étaient habillés chaudement pour l'entraînement au saut, et un camarade vomit sur l'uniforme de Yunus. Le capitaine, lui, se taisait et coupait court à toute conversation.

Au bout de deux heures, il leur distribua une feuille où étaient reproduites plusieurs esquisses au crayon de visages masculins : des têtes ovales avec et sans barbe, avec et sans moustache, ainsi qu'avec un choix de foulards à la mode, différents turbans et tout un assortiment de kofias et de lunettes de soleil.

« Comme vous le voyez, dit le capitaine, c'est le même homme sur tous les portraits. Il est déguisé ! Il faut vous imprégner de son visage et, si l'occasion se présente, avec l'aide de Dieu, appréhender l'homme sur le champ. »

Cette crapule était, en effet, le roi du Koweït dont il incombait aux Irakiens de libérer le peuple frère qui subissait son joug. « Si jamais vous tombez sur lui alors qu'il fuit son peuple, mettez-le à tout prix hors d'état de nuire ! Comme Ceaucescu », dit Yunus en riant.

Ensuite on poussa les garçons dans le vide les uns après les autres. Une fois dehors, ils devaient compter lentement jusqu'à dix avant de tirer sur la poignée d'ouverture, mais comme toujours ils comptèrent à toute allure : « Un, deux, dix » et ouvrirent immédiatement la toile, si bien que le petit avion titubait sous les chocs des parachutes qui s'ouvraient.

Yunus était le dernier à sauter. « Fais attention à ces ânes », lui dit le capitaine en guise d'adieu.

Au sol la petite troupe fut équipée de vieux fusils à baïonnette et envoyée à pied à Koweït city où elle devait se joindre à un groupe plus important. On leur montra une carte qu'ils n'eurent cependant pas le droit d'emporter ; c'était simple comme bonjour, Yunus se le rappelait encore aujourd'hui : suivre la King Fahad road jusqu'à la King Khalid Bin Abdul Aziz, prendre ensuite à droite et remonter la Abdul Aziz Bin Abdulrahman Al Saud jusqu'au point de ralliement avec les camarades.

Sauf que lorsqu'ils arrivèrent dans la ville, ce fut la confusion. Ils tombèrent au milieu de la circulation matinale et d'un vacarme de moteurs et de klaxons dont les hauts buildings de verre leur renvoyaient un écho déroutant.

C'est la première fois qu'ils se retrouvaient à l'étranger, ils coulaient des regards furtifs autour d'eux, impressionnés par la hauteur des immeubles, l'un d'eux repéra les trois tours d'eau censées être un monument célèbre de la ville, ils modifièrent donc leur itinéraire en conséquence.

De toute manière, plus rien ne ressemblait à la description du chemin qui devait les mener jusqu'au lieu de rassemblement des troupes irakiennes. Là où ils s'arrêtèrent, il n'y avait pas de trottoir en vue et pas un chat non plus, les gens étaient tous dans les voitures, ils étaient les seuls piétons à marcher, en plein soleil, dans la poussière et les gaz d'échappement.

Que faire en ces circonstances ? Un camarade se risqua sur la chaussée et tenta d'arrêter une voiture, mais elles lui filaient toutes sous le nez sans ralentir.

Devaient-ils ôter les vêtements chauds qu'ils portaient sous leur uniforme ? Pas au bord de la route, leur intima Yunus, ce n'était pas convenable pour des soldats en mission. Plus tard ! Tout à l'heure ! Et il résista vaillamment aux lamentations des autres qui se plaignaient de la soif et de la fatigue.

Vers midi, un chauffeur de taxi finit par s'arrêter et baissa une vitre dont s'échappait de la musique, « Ya Habibi, ya habibi, », la voix plaintive d'Oum Kalthoum : « Ah, mon ami ».

Le chauffeur envoûté par la musique sourit aux soldats et dit, emporté par le chant :

– Ya Habibi !

C'était un vieil homme dans une dishdasha froissée, avec un kofia cabossé sur le crâne.

– Que la paix soit avec toi, mon frère, le salua Yunus. Tu as bien fait de t'arrêter. Nous sommes venus te libérer et nous avons besoin d'aide.

Le chauffeur baissa la musique.

– Ahlan wa sahlan, Bienvenue ! Qui êtes-vous ?

– Des soldats irakiens, répondit Yunus, tandis que ses camarades tapotaient la crosse de leur fusil dans un soudain accès de fierté.

– Ah, mashallah, bravo, bravo ! Et vous venez d'où ?

– D'Irak, répondirent les jeunes gens, amusés.

– Ah, d'Irak, s'écria gaiement le vieil homme comme s'il avait tout à coup saisi quelque chose.

– Oui, frère, nous l'avons déjà dit, reprit Yunus.

– Ahlan wa sahlan, bienvenue, bienvenue !

Yunus entendait ses hommes soupirer et commençait à craindre qu'ils ne s'impatientent. Ils étaient certes à l'ombre d'une haute tour de verre, mais dans la poussière et sous une chaleur torride. Outre qu'ils sentaient tous la sueur et le vomi.

– C'est en Irak qu'il y a le dschanna, le jardin d'Eden, poursuivit le chauffeur, imperturbable.

– Exactement, mon frère. Mais maintenant nous sommes ici et nous sommes un peu pressés.

– Ah oui, c'est vrai, habibi, vous vouliez me libérer, observa l'homme avec une franche gaieté.

– Exactement.

– Mais de qui voulez-vous me libérer ?

– Du tyran, mon frère, du tyran, répondit Yunus avec impatience.

– Ah habibi, mon ami, je ne connais qu'un tyran, cria le chauffeur du taxi en appuyant sur le champignon, ma femme !

Et le petit groupe de soldats irakiens suivit des yeux, éberlué, le taxi qui s'éloignait et duquel l'homme leur cria, penché à la vitre :

– C'est mon destin, mes frères, pardonnez-moi ! On n'échappe pas à son destin ! »

VII

Une trouvaille déplaisante

Dans la matinée eut lieu l'enterrement de madame Didina. Pour la messe le pope ouvrit la petite église du village, une chapelle du xvᵉ siècle à toiture à larges pans, décorée à l'intérieur comme à l'extérieur de peintures dans le style byzantin offrant une large palette de bleus : bleu pastel, bleu gris, bleu vert, bleu nuit – bleu azur le manteau céleste de la vierge, bleu aussi le désert des miracles et du buisson ardent, bleu flouté les toges aux plis harmonieux des poètes et des penseurs antiques tels que Sophocle, Platon, Aristote et Pythagore, précurseurs du christianisme ; et bleue aussi la prophétesse Sybille dans les vignes, bleu le raisin, bleues les cruches du puit, bleue aussi la mer sur laquelle marche Pierre, effrayé, bleus les lointains, bleu ce qui est proche et la masse inerte des gens qui assistent au cruel supplice, bleues les ailes des anges et les tuniques des justes qui gravissent l'échelle du ciel, bleus et pâles les pêcheurs qui tombent à travers les barreaux, attirés par un diable d'un bleu soutenu.

Bleue était la lumière qui filtrait des fenêtres latérales et se mêlait à l'encens, pendant que le pope disait la prière du pardon.

Exposée à l'avant dans un grand cercueil placé sur le cata-falque, la dépouille de madame Didina était couverte d'un drap blanc sur lequel reposait, là où se trouvent d'ordinaire les mains croisées, une icône représentant l'assomption. Comme l'observa le pope, nous avions donné à madame Didina la même icône que celle à laquelle était consacrée l'église, et qui était peinte au-dessus de l'entrée.

– La même icône, répéta Margot à plusieurs reprises dans le cortège, c'est la même icône.

– C'est celle que je préfère, moi aussi, lui dis-je, et elle pressa ma main en signe de remerciement.

C'est mon icône préférée de la mère du Seigneur, on l'y voit étendue devant les apôtres en pleurs, tandis que le fils entré sans être vu prend solennellement dans ses bras son âme, laquelle a pris la forme d'un petit enfant emmailloté de langes blancs.

Je n'en dirai pas davantage sur la messe funéraire et vous épargnerai la description de notre chagrin et de notre conster-nation face à cette mort subite, ainsi que des sentiments de culpabilité et de toutes les pensées qui nous accablèrent – toutes choses qui sont, à mon avis, c'est aussi celui de Margot, d'ordre strictement privé. « *Incroyable, l'indiscrétion de la mort* * ! » avait encore dit Margot le matin en allumant la bougie rouge au petit-déjeuner. Et les invités de s'écrier promptement : « Emil Cioran ! » Certains ajoutant même : « Comme c'est vrai ! »

Étions-nous coupés du réel ? Insensibles ? Ce n'est pas parce que les gens du village exprimèrent ensuite leur deuil et leurs peurs avec une constance et une énergie inépuisables que leurs sentiments étaient forcément plus forts, plus spontanés, plus

« authentiques » comme on lit dans certains comptes-rendus, et que cette histoire devrait être exclusivement racontée de leur point de vue, avec le pathos exacerbé qui est le leur.

Aurait-on dû nous interroger nous aussi, je l'ignore. Mais il faut bien constater, vous me l'accorderez, qu'on tend de nos jours à prendre pour argent comptant ce qui se manifeste à grand bruit et que les comportements mesurés n'inspirent en revanche que méfiance.

Lorsque le pope nous pria de donner un ultime baiser à madame Didina, nous l'embrassâmes tous à travers le drap : j'en embrassai un pli qui se relevait, sans tenter de le lisser – et les autres, je pense, firent de même. À l'exception toutefois de mademoiselle Sanda, qui se pencha carrément à l'intérieur du cercueil en sanglotant à grand bruit. Toucher un mort porte bonheur, devait-elle alléguer ensuite.

Le pope entonna la « mémoire éternelle » et nous nous joignîmes à lui en oscillant légèrement au rythme du chant, « Mémoire éternelle, mémoire éternelle », et à côté de celle du pope, la voix de baryton de Geo rendait un son tellement sublime que les larmes nous vinrent aux yeux.

Enfin le cercueil fut porté au dehors et hissé sur une voiture à cheval que Sabin avait réussi à nous imposer.

Geo marchait devant avec la croix de bois, le pope le suivait avec l'encensoir au bout de la longue chaîne à clochettes, puis venait la voiture avec le cercueil, puis nous.

Nous passâmes devant les maisons que je connaissais si bien : celle de baba Lia qui vendait du bortsch et dont la cour était toujours pleine d'enfants qui jouaient et renversaient parfois les bouteilles de gaz avec un bruit métallique ; de la maison ne restaient plus maintenant que les murs, le toit s'était écroulé. À côté, se trouvait celle de la famille Gruia avec les trois garçons qui m'avaient appris à manier la faux ; elle était tapie dans l'ombre de hauts murs de béton, tous volets baissés. Immédiatement après se dressait la maison de maître couverte de lierre – qui, elle, avait toujours l'air en excellent état –, une amie de Margot la louait la plupart du temps pour elle et ses deux petits-enfants, l'amie portait un nom singulier qui m'échappe à présent.

Nous faisions de grands feux de camp dans leur cour, la maison avait appartenu aux grands-parents de la dame avant d'être nationalisée comme la nôtre, et à chaque saison estivale, l'amie de Margot entreprenait immuablement d'en sonder les murs avec un petit marteau, dans l'espoir d'y trouver les pièces d'or que son grand-père était supposé y avoir dissimulées.

L'amie de Margot arriva un jour chez nous dans tous ses états, riant et pleurant tout à la fois : elle avait par inadvertance fait un trou dans le mur, il lui fallait dans le plus grand secret un seau de mortier et de chaux vive. C'est finalement la voisine de la maison d'après qui lui vint en aide, une veuve qui l'habitait avec ses deux filles dont les noms rimaient si joliment : mes amies Tina et Arina. Elles possédaient une ferme avec des poules naines dont nous admirions régulièrement les poussins en train de pépier.

Que j'aimais ces moments passés avec Tina et Arina ! Avant pâques nous avions peint des œufs, une fois, dans leur jardin et j'avais appris à confectionner des couleurs à base de plantes et à dessiner de très fins motifs sur les coquilles. Quand nous passâmes devant avec le cortège funèbre, un ciel bas aux nuages roses chatoyait encore au-dessus du jardin.

Je marchais en ayant le sentiment que ce n'étaient pas seulement les funérailles de madame Didina que je célébrais là, mais celles de toute une région. Combien de souvenirs n'avais-je ici – et comme tout cela était loin déjà.

Margot avait tellement vieilli, et je lui étais redevable, pensai-je, de me souvenir tout de même avec tendresse du temps de la tyrannie qui était aussi celui de mon enfance. Ces années-là signifiaient pour moi ce que j'appellerais maintenant « autrefois », tandis que, pour Margot, « autrefois » désignait une autre époque, l'époque civilisée d'avant la dictature, d'avant la guerre. Et je voyais bien que, pour moi, ces deux *autrefois* se mélangeaient.

Çà et là, au portail d'une maison, entre les herbes folles d'un jardin laissé à l'abandon, un vieillard tenait son bonnet dans ses mains et pleurait en nous voyant passer.

« Je perçus des funérailles dans mon cerveau » : une ligne qui me vint à l'esprit, avec, en contrepoint, les chants liturgiques du pope et les tintements de l'encensoir :

> *Je perçus des funérailles, dans mon cerveau,*
> *Un convoi allait et venait,*
> *Il marchait – marchait sans fin – je crus*
> *Que le sens faisait irruption**

Je réglais mon pas sur celui de Mamargot, qui s'était reprise et s'amusait, tout en s'agaçant, des quatre hommes armés de fusils de chasse que Sabin avait amenés, pour tirer une salve sur la tombe de madame Didina.

– Monsieur Sabin tout craché, naturellement, dit Mamargot à voix basse.

– « C'est encore ce que cette ville peut, elle, offrir à ces messieurs-dames, dit Sabin en marchant, de nouveau tout de noir vêtu, une toque d'astrakan à la main.

Nul n'aurait encore accepté de porter ce vieux symbole des camarades. Mais Sabin se comportait avec elle comme s'il venait juste de l'ôter de son crâne par respect pour la défunte.

La présence de Sabin me fatiguait. Les quatre hommes qu'il avait amenés étaient des Autrichiens de la scierie Schweighofer, des amis de son fils forcés de suspendre les travaux de coupe dans les Carpates jusqu'à l'issu d'un procès de corruption. Sabin leur avait tout de même procuré des permis de chasse et ils avaient, disaient-il, abattu un ours gigantesque la nuit précédente.

– Big-big ! Hugh ! plastronnait l'un d'eux auprès de Mamargot en levant bras et fusil au-dessus des têtes, tandis que Sabin faisait un signe de dénégation et nous disait qu'Ata avait dû attirer l'ours avec un appât, comme jadis avec Ceaucescu, ces Autrichiens n'ayant aucune idée de ce qu'était la chasse à l'ours.

– Psst, dit quelqu'un dans le cortège. Laissez les morts avec les morts et les vivants avec les vivants !

– Mais c'est vrai à la fin, dit Sabin, encouragé, ces quatre-là ne sont pas des foudres de guerre, et ils n'ont pas la moindre idée de ce qu'est la chasse. Et je vous passe les détails, si je vous disais tout ce que j'ai vu…

– On voit beaucoup de choses de nos jours, il est vrai, dit Yunus en l'entraînant vers l'avant pour l'éloigner de nous.

Sabin lui tapa sur l'épaule :

– Exactement, c'est incroyable !

Les Autrichiens avaient tellement mal visé, dit-il tout haut en se retournant à moitié vers nous, qu'ils avaient dû poursuivre l'ours sur la moitié de la montagne et, pour finir, aller le repêcher dans la rivière.

« Et le plus fort », nous lança-t-il en s'arrêtant pour être de nouveau à notre hauteur. « Figurez-vous un peu ! », c'était que, devant payer leur tableau de chasse au poids, ces grippe-sous avaient passé toute la nuit à sécher cette pauvre bête au sèche-cheveux ! « Pour qu'elle pèse moins ! »

Les plombs avaient sauté quatre fois à « L'Étoile du berger », la pension où ils logeaient. « Vrouvrouou-vrouou ! Clack ! Plus de jus ! et reClack ! Plus de jus ! Quatre fois ! Et pour finir, plus moyen de remettre le sèche-cheveux en marche. »

Les Autrichiens riaient de bon cœur.

– Mais maintenant, vous avez intérêt à les tirer correctement, vos coups de fusil, les avertit gaiement Sabin, bien en l'air, compris ? N'allez pas nous toucher nous, des fois !

– Oui, s'il vous plaît ! renchérit Yunus, amusé.

Au cimetière, le cercueil fut descendu de la voiture et porté par deux hommes seulement, tant il y avait peu de place entre les tombes.

Devant la crypte, le pope versa du vin rouge et de l'huile en traçant une croix sur le drap blanc, et prononça la belle prière du roi David : « Purifie-moi avec l'hysope, et je serai pur, lave-moi et je serai plus blanc que la neige. »

Puis on ferma le cercueil et deux hommes passèrent la corde autour, tandis que le gitan nain descendait dans la crypte avec le seau de mortier.

Je me souviens de nombreux détails que je mélange peut-être avec les récits ultérieurs des médias, ce que j'ai vécu personnellement me semblant a posteriori irréel. Le doute m'assaille. Mon intention de coller à la vérité est-elle réalisable, alors que j'en garde des images si fragmentaires ?

Une grande lassitude m'envahit à l'idée que je vais encore devoir prouver ma crédibilité et affronter toutes les voix bruyantes et pressantes qui, à force de tapage – médiatique –, frappent bien plus les esprits que mon récit à moi. C'est d'ailleurs pourquoi, partant du principe que peut-être vous liriez ce récit par goût du sensationnel, j'ai été tentée un instant d'en venir d'emblée aux évènements sanglants, aux morts, aux visages pétrifiés d'horreur, à la conclusion qu'on les avait empalés et leur avait évidé les yeux à la cuiller.

Mais c'est précisément l'idée de ne pas être lue par les destinataires adéquats qui m'a paralysée de nouveau. Quel sens cela aurait-il eu, en fin de compte, de satisfaire votre goût éventuel de la sensation ?

Espérais-je par ces mots m'attirer quelque sympathie ?

Quoi qu'il en soit, il me faut coucher ces évènements sur le papier, ne serait-ce que pour moi, écrire dans le vide, avec l'espoir secret qu'il y aura effectivement des lectrices et des lecteurs qui comprendront mon avertissement.

En écrivant ceci, me revient à l'esprit le tatouage que le gitan nain arborait sur la main droite, entre le pouce et l'index : cinq points de couleur verte disposés en quinconce, comme sur un dé. Un signe qui, à ses dires, dans le monde de la prison signifiait : « seul entre quatre murs ».

Le détenu avait-il gravé ce signe pour lui-même, afin de se rappeler ce qu'il avait subi, ou dans l'espoir qu'il serait vu et reconnu ? À en juger par l'emplacement bien visible de son tatouage, c'est cette deuxième hypothèse qu'il faut retenir

– et aussi que l'être humain est un être de communication, quel que soit le destinataire qui se présente à lui.

Je me souviens qu'arrivé en bas, le petit gitan se mit à pousser des cris aigus. Je pensai d'abord que c'était mademoiselle Sanda, mais elle était près des couronnes en train de défroisser les rubans et faisait semblant de n'avoir rien entendu. Quelques instants plus tôt le pope l'avait tancée : c'était au Saint-Esprit qu'elle devait croire et non aux esprits !

Il s'agissait du bouquet de fleurs que Margot voulait déposer sur le cercueil et dont mademoiselle Sanda avait dit que ça porterait malheur de le poser à même le cercueil, car alors la défunte se redresserait, irait donner de la tête contre le couvercle et se rappellerait aussitôt qu'elle était morte etc.

« Croire au Saint-Esprit, non aux esprits ! » avait lancé plusieurs fois tout fort le pope si bienveillant d'ordinaire : « Au Saint-Esprit, pas aux esprits ! » et en joignant le geste à la parole avec une telle véhémence que l'encensoir oscilla violemment au bout de sa chaîne et vint frapper un des Autrichiens à la jambe.

Les coups de feu ont-ils été tirés ? Je suis incapable de m'en souvenir.

Quelqu'un m'avait tendu le petit sac en tissu avec les ossements exhumés que je devais redéposer dans la tombe, à la tête du cercueil – et je répétais par devers moi : « À la tête, à la tête ». C'est alors que retentit ce cri aigu dont je me suis d'abord demandé d'où il provenait.

Je me vois comme dans un rêve descendre l'échelle dos aux barreaux, le bras gauche replié en arrière, apercevant des jambes de femmes gainées de soie noire, beaucoup de fleurs, l'Autrichien légèrement blessé qui sautillait sur une jambe, puis ce fut l'obscurité, l'agitation d'innombrables mouches là en bas, et une puanteur si suffocante qu'elle me ravit la conscience de ma présence en ce lieu.

Y avait-il vraiment cette fumée verte – dont je parlerais plus tard ?

Quand je revins à moi, j'étais dans la crypte, les nerfs à vifs et en même temps comme assommée, les larmes aux yeux. La scène brillait, ressortant sur le flou de l'arrière-plan à cause de la lampe renversée, et je revois, sur le bord de gauche, le casier du cercueil ouvert, et à droite, tout près, le mur de la tombe sur lequel je m'attendais bizarrement à voir un miroir. Je crus distinguer en face de moi, plus loin derrière, le petit gitan par terre, j'allai vers lui, avec, dans les oreilles, le bourdonnement toujours plus insistant de mouches toujours plus nombreuses.

Il gisait sur la pierre tombale avec le dessin des deux chiens, mais quand je le touchai et qu'il glissa de côté, quelque chose roula sur ma main, et mes yeux se figèrent sur des orbites évidées d'où refluaient les mouches qui m'assaillaient.

Un flot de sang sombre s'échappait de sa bouche, alors que ses lèvres déchirées se crispaient comme pour esquisser un baiser.

Je me rappelle avoir remonté l'échelle à toute allure et avoir prononcé cette phrase reprise ultérieurement par tous les médias : « Il y a quelqu'un, là »

VIII

De l'empalé Traian Tifor

La police et les gens de la télévision arrivèrent en même temps, ils semblaient se connaître de précédentes interventions.

– Bonsoir tout le monde, lança le commandant posté en haut, devant la crypte, j'ai une belle surprise pour vous.

Il se fit apporter un rouleau de rubalise jaune sur lequel on lisait *Crime Scene.*

Reporters et cameramen se frottaient les mains.

Ils déballèrent leurs caméras, leurs micros, leurs câbles et commencèrent aussitôt les prises de vue sous la lumière crue des projecteurs. Sur fond de crépuscule rougeoyant, cette lumière générait une atmosphère orageuse. Et les gens se mouvaient dans le cimetière aussi fébrilement qu'avant l'orage : de vieux paysans surgissaient pour désherber avec une énergie soudaine leur tombe familiale délaissée et allumer des bougies, tout en épiant notre crypte ; interviewés le soir même, ils rapporteraient qu'on nous connaissait depuis des années, ici, mais de vue seulement, et que beaucoup nous trouvaient arrogants, des gens qui se croyaient mieux que les autres, qui sait ce dont nous étions capables.

Aucun de nous n'eut l'idée de parler aux médias. Pour leur dire quoi aussi ? Que nous ne savions rien du mort ? Au reste, ils ne vinrent pas nous trouver, il y avait assez de personnes non concernées qui s'empressaient d'aller leur raconter qu'ils avaient peur et ne savaient rien. Seul le commandant nous posa quelques questions de routine, très poliment, puis nous autorisa le lendemain à murer le cercueil de madame Didina. Le mort devait être un vagabond trucidé par un autre vagabond complétement saoul. C'était chose courante, hélas. Ces messieurs-dames n'avaient aucune raison de s'inquiéter. Geo lui serra la main à plusieurs reprises en partant.

Les amis de Bucarest restèrent quelques jours, et certains d'entre eux prolongèrent leur séjour, afin de nous épauler pour la suite des évènements. Nous orientions donc les conversations sur ce qu'ils avaient fait récemment et sur leurs enfants et petits-enfants qui menaient des existences de rêve à Londres, Zurich ou Boston, comme l'attestaient les photos, les articles de presse et les revues. Mais en dépit de l'enjouement et de la vivacité avec laquelle nos invités se levaient de table et y revenaient, se passaient les photos ou les saucières, se touchaient constamment en parlant, s'étreignaient même, je crois avoir perçu une tristesse paralysante, car nous ici nous trouvions au mauvais endroit, du mauvais côté de la vie.

— Nous avions décidé de tout vendre, nous conta madame Tudoran, la maison de campagne de Sinaia, les vignes de Mitrofani et même la maison de Bucarest en bordure du parc Cismigiu, tout, absolument tout ce que nous avons, pour nous acheter un petit appartement cosy à Zurich, à proximité des enfants. Nous cherchions une petite chose au bord du lac ou sur la colline, derrière l'Opéra, ça devait revenir aux enfants plus tard. Mais figurez-vous qu'il n'y avait rien : avec cet argent-là nous pouvions tout juste nous payer un appartement minuscule dans un quartier populaire, architecture des années soixante, un taudis qui dépassait l'imagination, sombre, avec de la moquette et la vue sur une arrière-cour qui sent le moisi.

La tablée éclata de rire, entre autres parce que Margot s'était écriée d'une voix théâtrale : « *Quelle horreur* * ! » Et en se levant de table, on débattit à nouveau de ce qu'on allait manger au repas suivant, et les invités en veine de dévouement se disputèrent la permission de faire la cuisine.

Avant de repartir à Bucarest, Yunus tint, lui aussi, à nous offrir un dîner, dont il alla lui-même se procurer les ingrédients à Brasov. Il y eut une soupe aux lentilles épicée avec de la pita, des falafels avec de l'houmous et du tahini, des dips parfumés au zaatar, un taboulé avec du citron et plein de persil, du muhammara, un dip au paprika avec des noix, du labné, un fromage frais à base de yaourt avec de la menthe, du baba ganousch, un caviar d'aubergine à l'ail et au tahini parsemé de graines de grenade un peu différent du nôtre ; au dessert du mamoul, un biscuit à base de semoule fourré aux noix ; et pour finir, avec le café à la cardamome, une chicha de Brasov accueillie par des hourras, pour les fumeurs et les convives désireux de goûter à la pipe à eau parfumée aux fruits.

Je ne pouvais rien avaler, ce qui passa inaperçu avec toutes ces mains qui se tendaient vers les assiettes de mezzés. Je n'avais rien pris depuis des jours, pourtant je n'avais pas faim. C'était comme si rien de ce qu'on me présentait n'était mangeable, comme si la molle consistance de ce que les autres dégustaient m'ôtait toute raison de les imiter ; cette joyeuse tablée me semblait tout à coup aussi étrangère qu'un théâtre d'ombres. Les invités expiraient une vapeur blanche dont l'ombre dessinait des volutes grises grimpant le long des murs. Dans la pièce flottait une odeur douçâtre de pomme, et le dîner de Yunus récolta force louanges, ce festin nous avait complètement fait oublier l'absence de viande, affirma-t-on.

— C'est mieux sans viande, dis-je, comme quand j'étais petite.

Et les amis commencèrent à parler d'autrefois, d'avant le changement de régime, quand Bucarest pullulait d'étudiants arabes, surtout d'étudiants en médecine. Ceauşescu qui avait besoin de pétrole voulait investir dans la pétrochimie, c'est pourquoi il entretenait des rapports étroits avec les dictatures arabes. Yunus observa qu'au moins quatre membres de sa famille avaient fait leurs études en Roumanie et que tous sans exception gardaient un excellent souvenir de ce pays, à commencer par lui ; il voulait absolument y rester.

— Un authentique patriote, commenta Geo en relatant l'anecdote de Yunus qui avait pris le *Gaudeamus igitur* pour l'hymne national roumain.

Tous éclatèrent de rire, puis levèrent leur verre en chantant :

Gaudeamus igitur
iuvenes dum sumus !
Post iucundam iuventutem,
post molestam senectutem
nos habebit humus.

Pendant ce repas auquel j'assistai donc sans le moindre appétit — mais non sans m'appliquer toutefois, du moins au début, à m'intéresser à la conversation de ceux que j'appelais des amis ! –, je finis par trouver une distraction qu'il importe de vous exposer à cet endroit du récit, ce mode de divertissement révélant une transformation de mon état dont je commençais, moi, lentement à prendre conscience.

Ça débuta par un soupir !

C'était un long soupir, encore qu'assez discret, et je vis, stupéfaite, qu'il modifiait peu avantageusement la position des convives et leur gestique : les gens s'affaissaient comme des marionnettes abandonnées. Je pris rapidement une inspiration, et voilà que l'image se redressa en même temps que moi, la tablée bavardant et gesticulant à présent comme avant.

Je n'en croyais pas mes yeux. Je poussai un nouveau soupir, et le phénomène se reproduisit, la compagnie s'affaissa. Comment était-ce possible ? Je respirai lentement à fond plusieurs fois en examinant très attentivement ce qui se passait – lorsque je retenais mon souffle, les gens se figeaient. Je fis péniblement le tour de la table pour prendre la chicha des mains du barbu monsieur Tudoran et allai me rasseoir ; quand je tirai sur la pipe à eau et qu'elle commença à gargouiller, je vis la tablée se mettre à faire de grands mouvements de bras. Elle s'agitait continûment, tandis que l'eau glougloutait sans fin dans le verre couleur d'absinthe, blub blub blub… blub blub.

J'expirai tout fort le nuage blanc, et un véritable grondement s'éleva, qui fit tomber les pétales de toutes les fleurs dans les vases. Je rêvais ? Je respirai de plus en plus vite, et le film passa en accéléré, à séquences de plus en plus saccadées, alors que, dans mes oreilles, la bande-son montait ironiquement dans les aigus.

En écrivant ceci, une scène avec Arina, mon amie d'enfance, me revient soudain à l'esprit. Nous étions dans le jardin, nous n'avions pas envie d'en bouger. Devant nous, sur une grosse pierre, s'étalait la poussière bleue d'un lapis-lazuli que nous venions de broyer non sans mal. Elle devait nous fournir le bleu de Fra-Angelico pour le tableau que nous allions peindre ensemble. Un souffle de vent se leva, et la fine poussière disparut.

Armée d'un seau et d'une serpillère, mademoiselle Sanda se rendit au cimetière et se posta longuement devant la rubalise jaune jusqu'à ce qu'on la laisse passer et gagner la crypte.

« Ma bonne amie, dit Margot, vous travaillez trop. Reposez-vous de temps en temps ! »

On ignorait toujours qui était le mort, nous rapporta mademoiselle Sanda, il avait été beaucoup trop brutalisé, on lui avait percé les yeux, probablement avec une fourchette, et coupé des morceaux de langue. De plus on lui avait transpercé le ventre avec un objet pointu, la broche était passée à un doigt du foie et des reins, le pauvre homme était peut-être mort d'hémorragie, une mort très lente, disait-on. Pourtant on n'avait pas trouvé trace de sang dans la crypte, l'homme avait donc été tué à un autre endroit et transporté là ensuite. Mais dans quel but ? Qui pouvait bien vouloir nous menacer par ce geste ?

— Ma bonne amie, cessez de vous faire du souci, disait Margot ! Reposez-vous !

Margot exhortait constamment mademoiselle Sanda à se retirer pour souffler un peu, et j'ose affirmer que ça ne l'aurait nullement dérangée si, du jour au lendemain, la zélée

Sanda avait carrément cessé de s'activer à notre service pour se prélasser à notre table, sur la méridienne de la galerie ou sur les bancs du jardin près du lilas ; Margot n'aurait peut-être même pas remarqué son absence, tant elle était entourée d'hôtes très engagés qui se disputaient le plaisir de donner un coup de main, que ce soit au jardin ou à la cuisine.

« Reposez-vous, je vous en prie ! » disait-elle, mais mademoiselle Sanda n'était pas du genre à se reposer, et c'était moins par sentiment de devoir vis-à-vis de nous, que parce que l'oisiveté n'entrait pas, pour elle, dans le domaine des possibles. Du moins le pensais-je, moi, à l'époque.

Quand nous allions nous promener et que mademoiselle Sanda faisait un bout de chemin avec nous pour se rendre au cimetière et s'assurer que « tout était en ordre », elle ne laissait pas ses yeux errer dans le paysage, mais fixait obstinément l'asphalte, et quand nous nous arrêtions en chemin pour contempler une maison de maître ou admirer un oiseau perché sur les larges branches d'un sapin, elle faisait tinter impatiemment l'anse de son seau ou en profitait pour écarter du pied quelque plante fanée ou le cadavre d'une grenouille. Mais quand il y eut cet incident au cimetière avec le journaliste qui lança à Sabin qu'à B. les morts votaient, ils étaient sur les listes électorales, lui et son fils trafiquaient les élections, c'était de notoriété publique, avant que nous ayons pu dire ouf, mademoiselle Sansa s'était précipitée au cimetière, son seau et sa serpillère à la main, pour ne rien manquer du pugilat.

Le soir elle nous apportait des nouvelles du mort de notre crypte en ne nous faisant grâce d'aucun détail qu'elle avait pu glaner. On ne lui avait pas arraché les yeux avec des fourchettes, c'étaient peut-être les oiseaux, la langue montrait des trous qui provenaient de becs de volatils. Ça signifiait que l'homme avait tiré la langue en mourant – on ignorait encore pourquoi. Mais au moins on avait pu établir son identité : il s'agissait d'un homme qui avait émigré en Espagne depuis plus de dix ans et qui s'appelait Traian Fifor, il était âgé de 40 ans.

Mademoiselle Sanda avait travaillé avec sa mère à la fabrique de tissage autrefois, son père avait été licencié à cause des blagues qu'il faisait sur les communistes et parce qu'il avait fabriqué un distillateur à Schnaps illégal avec des tuyaux volés. Traian était comme son père, un mauvais sujet, nous nous souvenions peut-être ? Il avait tout de même fini par se marier… « Une catin », dit mademoiselle Sanda de sa femme, et qu'elle avait trouvé du travail en Espagne, où Traian l'avait suivie. Ils étaient revenus l'été, comme les autres, travailler à bâtir leur maison. Mais ils avaient dû se séparer, car au bout de deux ou trois étés le chantier avait été abandonné.

Les parents de l'homme étaient morts, dit-elle, et on n'avait plus entendu parler de ses frères et sœurs qui avaient eux aussi émigré. Il y avait de cela un an à peu près, on s'était beaucoup moqué de Traian à B., parce qu'on lui avait joué un tour, en Espagne. On ne savait pas exactement quand il était revenu, apparemment il avait habité la maison de ses parents sans que les voisins s'en aperçoivent. Il paraît qu'il y régnait une puanteur épouvantable.

– Que Dieu ait son âme, dit Margot, et les autres firent de même.

– Pauvre garçon, dit Geo, il s'en va chercher son bonheur ailleurs, et quand il rentre chez lui, il y trouve cette mort atroce.

La remarque de Geo fit grande impression, je gardai donc le silence, m'abstenant de mentionner que moi j'avais bien connu Traian Fifor.

En outre il me fallait voir une photo de lui, pour être absolument certaine.

Et pour la première fois, ici à B., j'aurais bien aimé avoir internet, en fin de compte.

L'unique accès à internet se trouvait sur une colline à la sortie de B., en direction de Brasov. Nos amis s'y rendaient régulièrement, surtout Geo, mais je n'y étais encore jamais allée.

Ceci peut paraître étrange, mais c'était pour revoir Margot et ce village tout simple que j'étais revenue, pour réfléchir dans la solitude et pour peindre. Le peintre en moi voulait retrouver la sensualité d'antan, le contact avec la nature, la matière, me frotter aux choses dans mes activités de tous les jours, comme on ne peut le faire désormais que dans des mondes qui ont gardé leur simplicité, des mondes primitifs. De l'idée initiale qu'internet allait démocratiser la culture, répandre le savoir et renforcer la morale n'ont subsistées que ruines. À quoi bon se laisser distraire de mon objectif par ces ruines, alors qu'il nous restait encore un petit bout de nature, ici à B, dans cet endroit reculé ?

En gravissant la colline pour trouver l'accès, je rattrapai un couple de vieux paysans auquel je demandai mon chemin.

– La colline d'internet ? C'est droit devant vous !

Ils y allaient aussi, skyper avec leurs enfants partis vivre en Italie.

Je me joignis donc à eux.

Il faisait beau ce jour-là, comme en Sicile où habitaient leurs enfants. Là-bas on pouvait aller tous les jours à la plage et on se baignait longuement, ils avaient du sable très fin, leurs enfants étaient très heureux.

Les deux vieux s'essoufflaient, à cause de la montée qui était raide, et parce que les mots se précipitaient dans leur bouche tant il y avait à raconter, le bonheur des enfants et des petits-enfants, les augmentations de salaire, les réussites scolaires, les coupes remportées aux tournois sportifs, la puissance des voitures familiales, le montant des sommes économisées. Et je disais : « Formidable », « Super », « Bravo, il y a de quoi être fiers. »

– Ça on peut le dire qu'on est fiers !, répliquèrent-ils, et la moquerie dans leur ton ne faisait pas de doute ni qu'elle me visait.

Et moi, qu'est-ce que je faisais ?

– Je suis en vacances, dis-je.

Ils rirent, non sans ironie. Ils le savaient, dirent-ils, j'étais la fille de madame Margot – je me bornai à acquiescer –, mais qu'est-ce que je faisais dans la vie, comme travail ?

– Je peins, dis-je. Je fais de l'art.

– De l'art ? demandèrent-ils tous les deux en même temps, et l'homme ajouta : On gagne combien avec ça ?

– Beaucoup, dis-je, sur quoi nous fîmes le reste du chemin sans piper mot.

En haut sur la colline, plusieurs douzaines de personnes parlaient pêle-mêle tout fort à l'écran de leur téléphone portable, dans lequel répondaient enfants et petits-enfants.

« Est-ce que Matteo est toujours premier à l'école ? »

« Qu'est-ce que vous lui avez acheté pour ça ? Un vélo ? »

Je m'assis le plus possible à l'écart pour lire le journal. J'utilisai une petite tablette que j'avais achetée d'occasion à Paris. Sur le site d'actualités *adevarul.ro*, je trouvai immédiatement l'information que je cherchai à la rubrique « Les articles les plus lus » : « Empalé en Transylvanie. Une mort mystérieuse qui retient l'attention de la presse internationale. »

Une petite photo montrait Traian Fifor empalé dans la crypte. À côté de l'image pixélisée se trouvait un cliché de lui de son vivant, en uniforme de miliaire. Je le reconnus tout de suite à ces grands yeux qui vous regardaient comme stupéfiés – on aurait dit qu'il s'était attendu à son horrible fin.

Je sursautai à un éclat de voix lourd de sanglots à côté de moi : « Tu es l'amour de mamy, Chiara, tu le sais ? Dis-moi que tu le sais ! » Par discrétion je m'éloignai de la vieille femme qui criait, toujours en sanglotant : « Bien, amore, bien je ne pleurerai plus, je te le promets ».

Malheureusement, là où il n'y avait plus de gens debout les uns contre les autres en train de téléphoner à haute voix, il n'y avait plus d'accès à internet non plus. Je me rassis à l'écart juste avec la photo de Traian.

Toute jeune encore, j'étais amoureuse de lui. Je le voyais rentrer les vaches du pâturage, le soir, pieds nus, bombant le torse et souvent avec, dans la nuque, une longue baguette de noisetier d'où il laissait pendre nonchalamment ses deux mains, évoquant davantage James Dean qu'un paysan sous le joug. Il savait siffler très fort, il sifflait la vache, sifflait les chevaux dans la prairie et les oies pour les chasser du chemin, il attirait les bêtes ou les éloignait en sifflant, et son sifflement avait quelque chose de taquin.

« Haida-de », criait-il quand il ne sifflait pas ; ça rendait un son à la fois étonné et amusé, comme s'il disait : « Eh, un peu de sérieux maintenant, amis du soleil ! », mais sans se prendre, lui-même, tout à fait au sérieux.

Un jour, il avait sauté d'un arbre sur le dos d'un cheval de trait qui paissait là. Effrayée, la bête l'avait emporté au galop et traversé à toute allure les champs, la forêt, la rivière. Traian se cramponnait à l'animal des bras et des jambes, sans pouvoir tenter quoi que ce soit. Arrivé au village voisin, il osa enfin sauter de sa monture, et ce, précisément devant la pension « À L'Étoile du Berger » où les huiles du parti avaient coutume de descendre avec leurs épouses.

Traian ne se lassait pas d'imiter les fonctionnaires médusés et leurs femmes au look tapageur, effrayées par l'infernale chevauchée, puis il remontait sa chemise élimée pour exhiber les stries des coups de fouets que lui avaient assénés son père et qu'il prétendait avoir à peine sentis. Ce qui ne le tuait pas le rendait plus fort, disait-il.

Je le revois encore assis devant moi sur cette borne blanche, à l'endroit où la route dessine un virage, un brin d'herbe à la bouche il me salua d'un mouvement des lèvres, qui agita brièvement le brin d'herbe.

– Qu'est-ce que tu fais là ? demandai-je.

– J'attends qu'il se passe quelque chose.

– Quoi donc ?

– Aucune idée, dit-il en éclatant d'un rire joyeux. Je ris aussi. Puis il m'expliqua comment volaient les petites araignées.

Autrefois nous nous asseyions sur une grosse souche au bord du pré, là où se trouvait à présent une vieille Dacia et où l'on vendait des boissons et des bretzels, et nous nous embrassions. Traian avaient de grosses caries et des incisives criblées de trous, mais ça ne me dérangeait pas. Je le savais, l'amour véritable a besoin d'être éprouvé.

Je tendis ma tablette vers le signal pour lire ce qu'on rapportait de la mort de Troian. Sur les écrans bleuâtres des habitants de B. qui étaient rassemblés ici, clignotaient de nombreux visages enfantins, mais sur quelques-uns on voyait la photo pixelisée de Traian mort et ce portrait de lui en uniforme. Tout près de moi était posté un vieil homme qui regardait une vidéo de foot, j'ignore pourquoi ce souvenir m'est aussi présent. Son portable émettait des martèlements et les cris passionnés de gens hurlant de concert : « Olé-olé-olééé… »

J'interrogeai le moteur de recherche sur Traian Fifor, et fut surprise du nombre de résultats qui apparut. Sa photo et la nouvelle de son empalement était sur *theguardian.com*, *rfi.fr*, *spiegel.de*, *nytimes*, *oglobo* et sur des blogs, on twittait sous : *#traianfifor*, *#impaler*, *#draculaproof*, *#transylvanie* et *#teapă*.

L'article le plus long était celui d'*adevarul.ro*, qui citait les reportages de la presse internationale, lesquels avaient, à leur tour, repris ceux des médias locaux. Il annonçait que le cadavre méconnaissable d'un certain Traian Fifor avait été trouvé dans une crypte familiale lors d'un enterrement, et que le cadavre présentait indéniablement la marque de ces empalements qu'on pratiquait au milieu du xvᵉ siècle à l'époque du prince Vlad l'Empaleur.

Le condamné était alors étendu sur le sol, ses bras et ses jambes attachés, et les bourreaux lui introduisaient dans l'anus un pieu effilé, enduit de graisse, veillant à ne toucher ni les reins ni le cœur, et le faisaient ressortir par la bouche ou par le cou, latéralement, entre la tête et l'épaule. Puis on enfonçait le pieu dans le sol, et le condamné au pal glissait un peu vers le bas et mourait lentement, misérablement, de souffrances indescriptibles et de soif, tandis que les corbeaux fondaient sur lui pour lui arracher les yeux et la langue ainsi que des lambeaux de chair.

C'est donc très exactement comme ça qu'au milieu du XVe siècle le prince Vlad faisait empaler ses ennemis turcs, ils avaient encore le turban sur la tête ; mais les meurtriers, les voleurs et les boyards corrompus étaient aussi promis à cette fin cruelle.

Vlad the Impaler arisen in Transylvania, écrivait *The Sun*, et *Libération* confirmait : *Empalé en Transylvanie*. En conclusion de l'article sur *adevarul.ro*, on lisait que le prince Vlad l'Empaleur, pas vraiment de son vivant, mais dans les livres d'histoires roumains et encore aujourd'hui dans le peuple, passait finalement pour un père sévère mais juste, invoqué même en 1881 par le poète national Mihai Eminescu face à la quantité de politiciens corrompus, dans le vers qu'on citait de plus en plus souvent :

> *Ah, Empaleur ! Prince ! Que ne viens-tu,*
> *Faire justice d'une main de fer.*

Pour rendre compte du glissement sémantique du verbe « empaler », qui signifie aujourd'hui en roumain qu'on a été dupé et qu'on l'avait bien cherché (on s'écrie alors « Teapă [« Pal »] ! »), la page renvoyait aux articles suivants qui illustrait la nouvelle acception : « *Teapă ! Restaurateur roumain empalé en Espagne : les clients s'éclipsent sans avoir payé en dansant la conga : Teapă idioată ! Deux voleurs roumains s'empalent en Sicile : venus voler la caisse d'une boulangerie, ils repartent avec la balance ! Empalés lors d'une chirurgie esthétique : De grosses légumes opérées par un vigile ! Augmentation des retraites, Teapă colosală : le nouveau gouvernement empale purement et simplement les électeurs.* »

Quand je levai la tête de mon écran un peu plus tard, une douleur aiguë me zébra le crâne avec la violence d'un coup de poignard. Et en rentrant à la maison, sonnée, pliée en deux, toutes sortes de mots me passèrent par l'esprit, des phrases dénuées de sens, que la chaleur du désert frappait Lawrence d'Arabie en plein sur le crâne comme une épée. Exactement, comme une épée ! Je me hâtai vers la maison.

Une fois dans ma chambre je fermai les rideaux et m'allongeai, en plein jour. Je sombrai dans un sommeil agité.

Tel un ressort remonté à fond, je me redressai lentement dans le lit, le corps tendu comme celui d'un jeune animal qui flaire quelque chose pour la première fois.

La nuit était fraîche, un pâle clair de lune filtrait par la fente des rideaux. Dans la maison je percevais des souffles légers, des soupirs, de temps à autre un drap froissé, autant de bruits qui emplissaient l'espace autour de moi.

Mais quelque chose me poussait dehors, vers la galerie, et je suivis mon ombre à travers les pièces, marchai sans bruit sur le parquet qui grinçait comme à l'accoutumé. Je glissais, et seuls les rideaux oscillèrent doucement, quand je me faufilai pour sortir par la fente étroite qu'ils laissaient.

Dehors je sentis l'air frais sur mon visage. La forêt était claire et immobile, comme pétrifiée, me semblait-il. Je ne l'avais jamais vue ainsi. J'y repérai des mouvements avec une aisance anormale – des animaux nocturnes, insouciants pour la plupart.

IX

Le tombeau du prince

Le matin suivant Mamargot me réveilla, car c'était dimanche et, exceptionnellement, Divine Liturgie à B. Pour un tel nombre de fidèles le pope du village voisin s'était déclaré disposé à célébrer l'office religieux dans notre église.

Mamargot me déposa sur le lit un plateau de petit-déjeuner, ajoutant qu'il y avait encore plein d'autres choses à la salle à manger.

– Un festin !, m'écriai-je, sans pourtant ressentir la moindre faim.

Dehors une tempête se préparait avec cette imprévisible soudaineté du temps en montagne. Tout autour de B, la lumière du jour chatoyait d'un éclat métallique sous des nuages gris, très bas. Sachant combien Mamargot aimait ce temps, je dis pour lui complaire, ma tasse de café à la main, combien j'aimais l'orage, et elle s'écria :

– Oh, moi aussi ! Depuis mon enfance !

Peu avant que la messe ne commence, il se mit à pleuvoir à seaux. Devant la porte ouverte de l'église dégringolait un rideau de pluie ininterrompu ; massés dans la nef, nous étions nimbés d'un voile de lumière. L'encens et la vapeur qu'exhalaient nos vêtements réfractaient si bien la lumière que nous en paraissions illuminés.

Là où tintaient les clochettes de l'encensoir que le pope agitait d'un ample geste, les fidèles reculaient, on heurtait son voisin du coude en se signant et le bras de celui qui se signait derrière vous effleurait votre dos.

Puis le pope s'écria : « Les portes ! Les portes ! Dans la sagesse soyons attentifs », et nous avons entamé le credo, que nous avons récité très fort pour couvrir le bruit de la pluie qui tombait dehors. Mamargot et moi étions tout à l'avant sur le côté gauche, et j'aperçus notre reflet dans la vitre de verre qui protégeait l'icône de Marie devant nous. En la regardant j'eus un instant l'impression que nous en faisions partie.

Je me souviens bien du prêche, contrairement à pas mal de sermons passés celui-ci est resté gravé dans mon esprit. Le pope alluma le lustre, qui dispensa une certaine clarté dans l'église, puis il se tourna vers nous : « Dieu a délivré chacun d'entre nous, y compris ceux qui habitaient des lieux pleins des immondices et de la pourriture de ce monde, tout comme il a délivré le possédé de Gadara qui habitait dans des sépulcres. » Et juste au moment où il évoquait le possédé, il nous fixa Mamargot et moi, ce qui nous attira encore plus les regards des gens. Ceci était une citation de Nicolae Steinhardt, dit-il enfin, à quoi Margot et moi acquiesçâmes d'un signe de tête.

Le sermon portait donc sur ce possédé de Gadara qui surgissait des sépultures au grand effroi des gens. Quand le Christ lui demanda son nom, l'homme répondit : « Légion est mon nom, car nous sommes plusieurs. »

Une affaire vraiment singulière, lança le pope, car il n'est pas d'existence anonyme, impersonnelle, il n'en est donc pas sans responsabilité individuelle. Chacun porte un nom, même les anges, même les anges déchus. Pourtant les démons qui hantaient l'homme se dissimulaient dans le groupe, ils se nommaient « légion ».

« Légion », reprit le pope en haussant encore la voix et en balayant l'église du regard. À ma gauche : la tête baissée de mademoiselle Sanda qui crachait discrètement dans son décolleté.

Les démons reconnurent la puissance du Christ et se lamentèrent qu'on entendait là les tourmenter prématurément, avant le Jugement Dernier. Ils revendiquaient leur droit d'être libres jusque-là, car Dieu avait accordé à tous, à Adam et Ève comme aux anges déchus, le droit du libre choix. Mais voilà que le Christ leur ordonne de sortir de l'homme, car avec cette liberté ils privent un autre de la sienne, ce possédé qui n'est plus maître de lui-même.

– Comprenez-vous cela ? demanda le pope, avant de ménager une pause.

La tempête résonnait dans notre silence, puis de nouveau, des bruits de froissement qui émanaient des vêtements ; dans la foule, des gens se signèrent.

Conscients que le Christ leur interdirait d'entrer dans quelqu'un d'autre, les démons demandèrent à pouvoir s'introduire dans les porcs. Ce leur fut consenti. Alors ils entrèrent dans les porcs et se précipitèrent du haut de la falaise dans l'abîme.

– Leur but était donc l'abîme et, en y tombant, de pousser d'autres créatures à leur perte !

Et le pope mit en garde contre les personnes anonymes et les apparitions qui viennent, au nom d'un prétendu droit et d'une prétendue vérité, nous promettre monts et merveilles si nous les laissons entrer, car il ne s'ensuit jamais que la chute.

— Ne les laissez pas entrer, car sans votre accord, ils n'ont pas de pouvoir sur vous !

Que nous soit accordée « grande et riche miséricorde », dit le pope en levant les bras, mais déjà notre maire Sabin s'avançait avec une grande feuille de papier et demandait l'autorisation d'annoncer une nouvelle importante, une bonne nouvelle.

On le lui permit.

Sabin s'éclaircit ostensiblement la gorge et attendit que tout le monde se taise. Puis il entama avec onction, en prélude à la nouvelle qui allait être un choc, un long discours ponctué de digressions et suintant l'autosatisfaction :

— Mes chers concitoyens...

Nous avions derrière nous des jours difficiles, très mouvementés, lui surtout, qui avait tant à faire et tellement de soucis avec la responsabilité de la commune, mais c'était aussi le moment et l'endroit de demander à tous ceux qu'il pouvait avoir contrariés, volontairement ou involontairement..., surtout involontairement, précisa-t-il avec un clin d'œil. Il voulait donc, en toute humilité, comme il se devait, ici, dans la maison de Dieu, sans détour ni grands discours – à son habitude, nous le connaissions –, il voulait leur demander pardon.

Des murmures parcoururent l'assemblée.

— Car, où irions-nous sinon ?, lança-t-il avec un rire engageant, imité par quelques paysans.

Cette horrible trouvaille dans la crypte d'une honorable famille de Bucarest, poursuivit Sabin en s'inclinant devant Mamargot avec une lenteur telle que tous les regards se tournèrent vers elle, une honorable famille, que, déjà le Seigneur avait éprouvée, Dieu sait combien ! Cette horrible trouvaille, donc, avait révélé une chose inattendue, mais, voyez-vous, à un moment propice, il le disait en toute humilité mais non sans fierté, et pourquoi pas, en cette année où notre pays fêtait justement le centenaire de l'union de toutes les principautés en une Grande Roumanie.

Quelqu'un dans l'église se mit à applaudir, d'autres firent : « Psst ! » et Sabin lança, plein d'entrain, que, si nous étions dans un autre lieu, face à cette excellente nouvelle qui venait après des jours néfastes, il dirait – il fit mine de chuchoter, mais assez fort pour être entendu de tout le monde – il dirait qu'un coup de pied au cul faisait toujours drôlement avancer les choses. Ce qui déclencha l'hilarité générale.

Il s'interrompit un instant, échangea quelques mots à voix basse avec le pope, évidemment on chuchota dans l'église, et un journaliste cria :

– Qu'est-ce qu'on a trouvé alors, chef ? Crache le morceau, dis-le !

Sabine se retourna lentement et annonça que cette information qu'il avait là et qui le bouleversait, tout comme elle allait sûrement nous bouleverser nous, avec notre permission il allait nous la lire de son papier, tant il craignait d'oublier quelque chose dans son émotion.

Et il commença à lire. Un long texte assez confus sur l'histoire du village, truffé de dates du Moyen Âge, en ce temps où les puissantes armées de janissaires des Ottomans avaient été vaincues par les princes roumains qui ne commandaient qu'une poignée d'hommes, mais étaient, eux, valeureux et rusés, car ils firent mettre le feu aux champs et empoisonner les puits sur le passage des Ottomans, sans leur laisser une seule bête, cachant tout dans les montagnes, d'où ils harcelèrent sans répit leur adversaire, bientôt épuisé par d'incessantes embuscades. Un journaliste l'interrompit : « Tu as recopié le manuel d'histoire, là ? » ce qui suscita de la gaieté dans le public, mais aussi des appels au respect.

Sabin répondit en levant un doigt docte qu'il voulait simplement nous rappeler qui nous étions : ni plus ni moins que les sauveurs de l'Europe, car si nos ancêtres n'avaient pas arrêté les païens ici aux portes de la civilisation en s'exposant avec le dévouement des martyrs à des combats meurtriers, les autres là en Europe n'auraient pas eu le loisir de bâtir leurs immenses cathédrales.

L'église commença à se vider.

Mais bon, il allait faire court, déclara Sabin, on avait trouvé ici à B., au cimetière, dans la crypte d'une honorable famille de Bucarest, un malheureux – assassiné. Tous le savaient déjà, certains d'entre eux étaient justement venus ici pour rendre compte de cette affaire. On avait, comme il est d'usage pour les scènes de crime, examiné l'endroit où la victime avait été découverte et… trouvé d'autres morts.

Je ne saisis la plaisanterie qu'en entendant rire de bon cœur autour de moi.

« Mais soyons sérieux », reprit Sabin, on avait examiné le lieu où l'on avait découvert ce cadavre encore récent et constaté que la vieille pierre tombale sur laquelle gisait le mort était une sépulture d'une valeur inestimable.

Là il tourna vers nous une feuille qui montrait une photo de la tombale avec les deux chiens.

— Regardez, chers Roumains, dit-il avec emphase, en levant le papier vers le lustre, regardez ce que nous avons trouvé !

À force de tenir la photo en haut à bout de bras, ou était-ce d'émoi, ses mains se mirent à trembler, et à la lumière du lustre ses yeux à pleurer.

Il avait consulté les spécialistes du Musée historique de Bucarest, et ces vénérables professeurs avaient confirmé ce qu'il pressentait, et que les journalistes cultivés reconnaîtraient forcément aussi. Quelle bataille était représentée ici, je vous prie ? Ou bien aurait-on oublié le glorieux passé de son pays ?

Une rumeur parcourut de nouveau l'église, des voix retentirent pêle-mêle.

En ce grand jour, conclut solennellement le maire, en ce jour glorieux où nous était révélé un pan de notre histoire et de celle de nos glorieux ancêtres, aujourd'hui donc, il avait projeté d'organiser un pot pour fêter l'évènement, dehors dans la cour de l'église, bon, maintenant il pleuvait, mais ce n'était que partie remise, et le pot n'en serait que plus généreux.

— Qu'en est-il de la tombe ? demandai-je à l'avant tout fort, à la prière de Mamargot.

Sabine m'adressa un sourire entendu. Et il annonça pompeusement, en élevant la voix, que le tombeau découvert dans notre crypte ne pouvait être que la sépulture de celui qui avait combattu ici, vaincu nombre d'adversaires et finalement été tué par félonie comme un martyr : ce valeureux prince connu du monde entier, notre prince Vlad l'Empaleur.

Un cri de joie s'éleva de toutes les bouches et le pope dit solennellement :

– Amen !

Vous imaginez combien la nouvelle nous surprit. Que faire quand on découvre dans votre caveau familial la tombe d'un prince roumain célèbre, au bas mot le plus célèbre des princes roumains, et ce, juste l'année du centenaire de votre pays, précisément au moment où les politiques s'efforcent de ranimer le souvenir de toutes sortes de héros nationaux, de préférence ceux qui vivaient à des époques reculées, pour détourner l'attention de leur incurie présente et de leur corruption sans borne ?

Qu'on nous ait ainsi pris au dépourvu, qu'avant de l'annoncer officiellement, on ne nous ait pas informés de ce qu'on avait trouvé chez nous, dans notre propriété, rappelait à Margot la manière dont les communistes nous avaient expropriés de la villa. Sous le coup de la colère un petit vaisseau éclata dans son œil, triste spectacle que sa pupille sombre cernée de rouge foncé – et le reste de ce dimanche-là, deux sujets se disputèrent tour à tour l'attention de Margot : la meute des prétendus patriotes et des badauds qui allaient bientôt envahir notre crypte comme le mausolée de Lénine, et ses lunettes de soleil qu'elle avait rangées quelque part dans la maison et qui lui auraient été bien utiles maintenant, pour masquer cet œil disgracieux.

– Quel était donc le lien de parenté de notre famille avec le prince, s'enquit Geo, qui réprimait avec peine un enthousiasme de mauvais aloi.

Qui aurait pu le savoir ? Qui connaissait notre généalogie ?

L'affaire pesait à Margot, bientôt tout le monde allait faire irruption chez elle, la moindre des choses eut été de l'avertir.

Puis, au dîner, Geo entama une tirade sur le droit qu'avait tout Roumain de connaître son histoire. On ne connaissait même pas l'histoire de sa propre famille, déplorait-il, les parents ne nous en avaient rien dit à l'époque tristement célèbre de la dictature communiste qui avait si bien altéré la diffusion des savoirs : dans les manuels scolaires on avait réécrit l'Histoire d'après la doctrine d'État…

– C'est la vérité, renchérit Ninel, Geo a raison, hélas.

Ce dernier déclara sentencieusement qu'il importait de restaurer le lien avec le passé, c'est en sachant d'où l'on venait qu'on pouvait savoir qui l'on était – et qui l'on se devait d'être ! Il s'avérait maintenant que nous descendions du prince le plus fameux du pays roumain. De fait, affirma-t-il résolument, le sceau gravé sur la pierre tombale, ce dragon victorieux, symbole de la chrétienté, ne pouvait appartenir qu'à un homme : ce prince audacieux sans lequel, comme le disait si bien Cioran, l'histoire de notre peuple ne serait qu'un vaste champ de moutons. Car seul Vlad l'Empaleur avait marqué – à coup de pieu précisément – l'histoire des Roumains. Avant et après lui, comme à présent, hélas, notre histoire n'était qu'un désert où la sottise le disputait au grégarisme.

– Quelle horreur ! s'écria Mamargot en couvrant de sa main son œil ensanglanté.

Le lendemain, je la conduisis à Brasov nous acheter de grosses lunettes noires et engager dans une agence de sécurité quatre sbires chargés de garder la crypte de notre famille. Les hommes étaient de stature massive et d'aspect rude – on nous assura qu'ils étaient incorruptibles, « de bonne moralité transylvanienne, presque allemands ».

X

L'Entrée de Dracula à B.

Je tentais de me souvenir du cadavre défiguré de Traian, m'en voulant de ne pas l'avoir examiné plus longtemps. Mais je ne revoyais que des orbites évidées d'où jaillissaient des mouches, et une bouche vomissant un flot de sang noir qui éclaboussait mon poignet. Si seulement j'avais regardé de plus près.

— Tu serais vraiment capable de te promener en me tenant par la main ? m'avait demandé Traian autrefois, à la grosse souche.

— Oui, bien sûr, avais-je dit, en m'emparant de sa main.

Il ne s'y attendait pas et avait regardé autour de lui, effrayé. Sans un mot, nous étions allés dans la forêt.

Ce pouvait être l'après-midi, la forêt baignait dans une lumière tremblante, je me souviens d'un parfum de bois décomposé et des effluves qui montaient du feuillage. Nous marchions vite, sans but précis, descendions des pentes, en remontions d'autres, trébuchions sur des racines proéminentes et resserrions alors l'étreinte de nos mains, en nous empressant de crier : « Fais attention ! » Je le tirais derrière moi en me baissant pour ramasser les fraises des bois. « Ta main dans la mienne est une part de moi », qui avait dit cela, déjà ? Nos mains étaient moites, nos doigts étroitement mêlés, cette étreinte : la part la plus solide de nos deux corps.

Nous finîmes par arriver à la rivière dont les eaux avaient monté et qui, par endroits, bouillonnait, vibrionnait. Traian proposa :

— Viens on va aux noisettes de l'autre côté.

Nous pataugeâmes dans l'eau, je remontai le courant en tenant fermement la main de Traian.

Soudain il trébucha sur un rocher, chancela, et lâcha ma main. Je bondis et le rattrapai aussitôt.

— N'aie pas peur, fit-il en riant, n'aie pas peur, je suis là.

Une fois sur la berge, je le taquinai : c'est lui qui avait eu peur, moi je savais nager.

— On ne peut pas nager dans cette rivière, dit-il.

— Si !

— Sûrement pas !

— Tu paries quoi ?

Nous nous embrassâmes sur la bouche.

Ses petits trous noirs dans les incisives ne me dérangeaient pas. Et parce que ça ne me dérangeait pas, je pensais que c'était de l'amour.

Un pressentiment me sortit du lit, c'était la nuit. Je marchai sans bruit sur le parquet, ma chemise de nuit blanche avait glissé de mon épaule et balayait le sol. J'ouvris la porte-fenêtre qui donnait sur la galerie, passai devant le reflet de la lune dans la vitre et perçus un soupir, qui venait peut-être de moi.

Il se tenait à la balustrade, me tournant le dos.

– Me voilà, dis-je en lui tendant les deux bras.

Vous me suivez ? Vous osez ? J'étais bel et bien en train de me détourner de ce que, jusque-là, j'avais appelé ma vie. Mais le jour se levait, une lumière brillante découpait des arêtes qui tranchaient dans l'obscurité, la pâleur de l'aube émergeait des ténèbres de la nuit. Et sur tout cela flottait cette odeur de boulettes de viande grillées à laquelle j'opposais, dégoûtée, mon absence générale d'appétit.

Connaissez-vous le tableau de James Ensor intitulé *L'Entrée du Christ à Bruxelles en 1889*, où l'on distingue à peine le sauveur, mais en revanche très bien la laideur du peuple qui le célèbre, et en réalité, se célèbre lui-même – outrageusement présent ?

C'est pareille image de kermesse qu'offrait B., peu après que Sabin eut annoncé qu'on avait découvert ici la sépulture de Vlad l'Empaleur. On se défendait de croire ces nouvelles monstrueuses que propageaient les médias, mais on voulait tout de même avoir vu cet endroit dont tout le monde parlait.

– J'ai redonné vie à B. !, plastronnait Sabin.

Quand je descendis avec mes lunettes noires, il était dans le jardin sous les lilas avec une petite tasse de café dont il serrait bien fort l'anse délicate entre le pouce et l'index, en écartant les autres doigts.

Maintenant qu'il y avait de nouveau tant de gens au village, il venait demander l'appui des personnes distinguées, mais c'était un genre d'aide qui ne cause pas de dérangement, ne demande pas d'effort, qui supposait juste qu'on lui fasse encore un peu confiance, à lui qui se dévouait à B. depuis maintenant quarante ans. Ce n'était décidément pas le moment de pinailler sur des points de détails, il fallait agir, l'heure était à l'action, maintenant ou jamais !

Il en vint au fait : les gens étaient là maintenant, une foule telle qu'on n'en avait jamais vue, Margot se devait donc d'ouvrir son caveau aux visiteurs. Où était le problème ?

Mais Margot, qui dissimulait comme moi ses yeux derrière de grosses lunettes noires, ne se départit pas d'une attitude d'aimable refus. Elle ne voulait pas d'étrangers dans la crypte familial, pas pour tout l'or du monde, c'était bien son droit.

Ceux-là n'étaient pas des étrangers, insista Sabin qui offrait un spectacle pitoyable, congestionné, suant à grosses gouttes, la mèche de cheveux de guingois.

Il se tourna vers moi, sondant ses chances d'obtenir du renfort de ce côté-là. Mais il sentit bien vite que, chez moi aussi, son juteux projet se heurterait à un mur.

Non, ce n'était pas une clientèle de passage, loin de là, arguait-il, il s'agissait exclusivement d'honorables professeurs chargés d'écrire l'histoire de notre peuple et de responsables de notre pays simplement désireux de brûler un cierge pour l'âme de nos ancêtres, et aussi, naturellement, de quelques journalistes bienveillants, qu'une démocratie, ma foi, se devait d'avoir, d'amis à lui, et puis bon, d'une poignée de touristes, mais tous des pèlerins roumains qui voulaient méditer sur le passé, et, cela va sans dire, d'un certain nombre de voyageurs venus de l'étranger prêts à se pencher sur notre histoire et notre tradition. On ne pouvait quand même pas interdire à ces gens l'accès au grand Vlad l'Empaleur, qui était le prince de tous les Valaques, et en fin de compte, l'ancêtre de tous les Roumains d'aujourd'hui !

– Je n'interdis rien, dit Margot d'un ton d'exquise cour-
toisie, je fais juste valoir mes droits de personne privée. Vous
le comprendrez, j'en suis sûre.

– C'est bien compréhensible, qui ne le comprendrait,
dis-je, mais a-t-on découvert l'assassin de Traian Fifor ?

Sabin me dévisagea, désarçonné.

Je répétai ma question, et Margot renchérit :

– Sait-on enfin qui a tué l'homme et l'a déposé sur notre
tombe ?

– Qu'est-ce que j'en sais, moi ? répliqua Sabin

– Qui le saurait sinon vous ? objecta Margot.

Sabin demeura coi un instant de trop, puis il se reprit
et rit.

– Vous me connaissez drôlement bien…, observa-t-il, en
reprenant une tasse de café.

Mamargot avait vu juste, nous dit-il, il avait déjà obtenu
quelques informations du commissariat de Sinaia, leur
enquête était en très bonne voie, mais, nous le comprenions
certainement, il ne pouvait rien dévoiler. Il y avait néanmoins
une chose qu'il pouvait nous dire à nous qui étions de vieilles
connaissances, des amis, pour ainsi dire : des affaires de ce
genre étaient la conséquence de la dégradation des mœurs en
Roumanie. Il ne disait pas que c'était mieux sous Ceaușescu,
Dieu l'en garde, ça non, encore que, de son temps il y ait eu
davantage d'ordre et plus de patriotisme, et d'une manière
générale, plus de respect des autorités.

J'admirai l'art avec lequel Margot, d'un geste imperceptible, donna au visiteur le signal du départ, puis se leva en
même temps que lui et prit congé tout en exprimant une
pointe de regret qu'il nous quitte si tôt.

Oui, il avait affaire lui aussi, dit Sabin précipitamment, avec nous il n'avait pas vu le temps passer, il était tard, il voulait juste dire encore que ça se gâtait, les mœurs, en Roumanie, ça n'avait sûrement pas échappé à Margot qui frayaient avec des gens distingués, et c'était pour ça, justement, qu'un modèle historique comme Vlad l'Empaleur était absolument nécessaire. Qu'elle veuille bien réfléchir encore à la question du caveau, le plus vite possible, c'était urgent, il l'en priait instamment.

Les descendants de héros avaient l'obligation, n'est-ce pas, de transmettre au peuple les traditions de moralité ou, au moins de ne pas l'en priver. Il était venu en nombre ici à B., notre peuple. Et il y avait apporté un regain de vie, une vie qui allait maintenant se répandre à partir de B. et irriguer tout le pays, ainsi qu'une nouvelle morale. B. allait devenir le centre de la Roumanie, le centre du monde.

À peine avait-il refermé le portail derrière lui que mademoiselle Sanda criait :

— Est-ce que je peux battre les tapis, maintenant ?

— Mais certainement, ma bonne, répondit Margot, nous avons fini depuis longtemps, nous ici.

J'écoutais les coups sourds de la raquette à tapis, comme si je suivais les battements de mon cœur. Ils rendaient un son familier. Et Mamargot cria bien trop tôt à l'adresse de mademoiselle Sanda :

— Assez, ma bonne amie, les gens vont finir par étouffer dans la poussière !

Et aussitôt revinrent tinter à mes oreilles les sons grossiers de la kermesse de Sabin, infligeant au témoin involontaire que j'étais ce tumulte si importun.

J'aurais pu m'efforcer de détourner les yeux, mais l'entreprise eut été vaine, l'image de l'arrivée de Dracula à B. s'imposait irrésistiblement : arborant le rouge-jaune-bleu solennel des couleurs nationales, fondue dans le vert des Carpates avec çà et là quelques touches de blanc, une foule humaine, masquée ou non, apparut sur le chemin escarpé. Des fonctionnaires et des dévots, Sabin flanqué d'Ata avec l'écharpe de maire, des hommes en costumes, les trois Autrichiens avec leurs fusils, de vieilles femmes sous leurs foulards, des messieurs racornis brûlant d'agiter leurs mains calleuses devant les caméras, de jeunes élégants aux barbes trop soigneusement taillées qui filmaient avec leurs mobiles, et de jeunes femmes aux lèvres rouges et boudeuses en mal de selfies sur fond de drapeaux, sans oublier un vieux pèquenot armé d'une bêche rouillée, qui passait là par hasard juste à l'heure des actualités, pile devant les caméras de la presse internationale rassemblée pour l'occasion, et pour finir, une tête de chèvre montée sur un long bâton que les danseurs avaient pourvu de rubans et de pompons multicolores.

Et comme toutes les kermesses, celle-ci comptait, bien sûr, un violon, des bulles de savons, quelques mendiants, la vieille femme à la chevelure fuchsia savourant une barbe à papa, puis, à nouveau, de grands drapeaux bordés de pompons avec les armoiries de la monarchie, de plus petits, ainsi qu'une flopée d'écoliers errant par petits groupes, pendant que leurs maîtresses gesticulaient devant les caméras.

Et tandis qu'un haut-parleur mugissait on ne sait où « I've been looking for freedom » et qu'un enfant blessé hurlait sans discontinuer, un peu plus haut dans la pente un homme donnait des coups de marteau sur le toit d'une petite guitoune de souvenirs où des flutes de bergers dont on ne tire pas un son, des raquettes à tapis faites main – mais oui –, des balais, des paniers en vannerie, des fanions, des vuvuzelas en plastique et des confitures de toutes sortes attendaient le client.

Telle était donc la fête populaire de Sabin en l'honneur du prince Vlad l'Empaleur !

Les jours suivants virent aussi débarquer à B. quelques touristes étrangers avec de gros sac-à-dos. Et quand ils s'enquirent du camping, Sabin leur expliqua, dit-on, que l'ours ayant coutume de faire de petites incursions en bas au bord de la rivière, ils seraient bien avisés d'aller planter leurs tentes dans les jardins, ceux des maisons abandonnées de préférence. Et nous apprîmes par la suite que Sabin avait empoché une coquette somme pour des « places de camping en haute saison » et même fait imprimer exprès des tickets avec le dragon victorieux de l'Ordre du Dragon, emblème et fierté de la ville.

C'est ainsi que des tentes de toutes les couleurs commencèrent à émerger ici et là entre les vieilles maisons et les ruines des constructions abandonnées. Des cordes à linge furent tendues dans les jardins où vacillaient le soir de petits feux autour desquels on mangeait, buvait force gnôle Dracula maison, parlait fort et, souvent aussi hurlait, quand les chauves-souris se mettaient à tournoyer alentour.

À part ça, les touristes flânaient de ci de là, épiant quelque éventuel Dracula ou autre vampire et montrant une disposition inédite à trouver tout ici bizarre, primitif et répugnant. Et comme par hasard, les rares paysans sortaient de leur antre pour déambuler, l'air mauvais, preuves vivantes de leur supposée différence.

Dans la vieille cabine téléphonique devant la maison fut installée une petite bibliothèque publique exclusivement garnie d'ouvrages sur les vampires.

Mamargot et Ninel y allèrent promptement prélever quelques livres qu'elles se proposaient de lire dans le jardin, afin, surtout, dirent-elles, de se remettre à lire en anglais.

Elle n'en comprendrait pas tous les mots, m'avoua Mamargot, c'est ce qui rendait les livres particulièrement distrayants.

L'un des passages qu'elle m'en lut m'est resté en mémoire, peut-être aussi parce que la candeur qui s'y révélait nous paraissait si charmante. C'était l'histoire d'une jeune femme et d'un beau vampire dont l'intimité se bornait à une unique et douloureuse abstinence.

"And so the lion fell in love with the lamb",
he murmured.
I looked away, hiding my eyes as I thrilled to the word.
"What a stupid lamb", I sighed.
"What a sick, masochistic lion."

XI

Irrépressible élan vers la mort

Certaines nuits, lorsqu'ici tout était calme et paisible, je me croyais dans le B. d'autrefois.

En gravissant le chemin, je retrouvais cette forte odeur d'herbe et de terre, respirais cet air humide de résine qui me faisait trembler et j'entendais maintes espèces d'oiseaux que je connaissais depuis l'enfance. C'était comme si leur chant m'exhortait à ne pas les oublier. Comme tout cela était loin maintenant. Je m'arrêtais à des pierres polies par les ans pour pleurer. Puis, peu à peu je pleurai moins quand je m'arrêtais exprès, puis je m'arrêtai moins aussi. Et dans la nuit mes pas s'allongeaient, s'assouplissaient, comme si j'allais vers un but précis, poussée par un grand élan.

Chaque nuit, je sentais en effet grandir en moi un pouvoir, une force diffuse qui, lorsque le brouillard blanc se levait, m'envahissait toute, et je faisais de grands mouvements de bras, tel un chef d'armée qui mène ses troupes au combat. Seulement, auquel ? Et contre qui ? Une chose était sûre : je souhaitais que tous ces importuns s'en aillent d'ici et qu'à B. tout redevienne comme avant.

Je veux dire par là que j'étais éveillée, la nuit ; je vous le concède, je ne rêvais pas. Vous connaissez, n'est-ce pas, ces excuses qu'on invoque, arguant de la rapidité avec laquelle telle ou telle chose s'est produite, bien trop vite pour qu'on ait pu réagir correctement, les circonstances vous ayant ôté en partie vos esprits. Jamais vous ne me passeriez ce genre d'explication. Et votre jugement serait d'autant plus sévère que j'aurais cherché des faux fuyants. Notons toutefois que j'aurais pu me taire, tout simplement, si bien que vous ne sauriez rien de tout ceci. Il doit donc, par conséquent, y avoir quelque chose qui me pousse à l'aveu ; pour moi-même, mais sûrement aussi pour vous.

Quand j'ai récemment cherché à votre intention le portrait de Vlad l'Empaleur, j'ai trouvé ce petit volume relié de cuir, gravé en lettres d'or, qui appartenait probablement à mon arrière-grand-père, : *Dialogue entre Platon et Alcibiade, les fondements de la connaissance de soi.* Je l'ai feuilleté, puis je l'ai lu et me suis sentis personnellement concernée, surtout par cette phrase de Socrate : « Tu n'as pas été sans remarquer, n'est-ce pas, que quand nous regardons l'œil de quelqu'un qui est en face de nous, notre visage se réfléchit dans ce qu'on appelle la pupille, comme dans un miroir ; celui qui regarde y voit son image. [...] Ainsi quand l'œil considère un autre œil, quand il fixe son regard sur la partie de cet œil qui est la plus excellente, celle qui voit, il s'y voit lui-même[1]. »

J'ai alors repensé à Traian que je regardais dans les yeux de très près en louchant, juste parce qu'il avait dit qu'embrasser en fermant les yeux signifiait qu'on mentait.

---

1. Platon, *Œuvres complètes*, Les Belles Lettres, t. I. djvu/186.

Mais de quoi avait-il l'air à présent ? Avec ses orbites où bourdonnaient les mouches ?

J'errais à travers les nuits sans réussir à saisir l'image de ce cadavre, dès que je la convoquais elle volait en éclats, tout comme l'idée que Traian était donc mort. Traian ne pouvait pas être mort. Toute ma vie j'avais eu peur que Mamargot ne meure ; déjà son monde n'existait plus, seule Mamargot existait encore, si vulnérable, si exposée, comme il est dit dans ce poème : « émergeant seule hors du temps, une roche se détache sur ces hauteurs arides ».

Mais Traian ?

Haida-de !

Il était encore là, forcément. Et m'attendait quelque part.

C'est ainsi que j'allai au cimetière une nuit avec un bouquet de fleurs, chercher sa tombe présumée. J'avais cueilli le bouquet moi-même : des bleuets avec, au milieu, une pivoine claire de notre jardin. Exactement le bouquet que Traian avait voulu m'offrir jadis : de la fenêtre de ma chambre je l'avais vu arriver dans notre cour avec des bleuets, puis il avait aperçu cette pivoine claire près de l'allée de gravier et s'était arrêté, ses yeux allaient de la pivoine à ses bleuets, puis revenaient à la pivoine. J'attendais derrière le rideau, curieuse de voir s'il allait oser la cueillir. Il tendit la main, et je le vis hésiter, puis, enfin, cueillir vivement la fleur, en virtuose du larcin, il allait la glisser dans son bouquet quand mademoiselle Sanda surgit et, sans crier gare, lui fonça dessus avec son balai.

– Espèce de chien galeux ! Mais quel culot, espèce de vaurien ! Attends un peu !

Aussi sec Traian déguerpit, et mademoiselle Sanda le

poursuivit dans la montée du chemin, son balai heurtant le sol derrière elle, « tac, tac, tac ».

Ils couraient à perdre haleine, pliés en deux, trébuchant parfois, et les fleurs volèrent dans toutes les directions.

Je restai longtemps à la fenêtre, morte de rire. J'en ris encore, plus tard, avec mon amie Arina qui traita Traian d'andouille. Je fis quelques croquis de la scène, qui, tous, furent ratés.

Ce bouquet de fleurs, il l'aurait, il allait le récupérer ! Je lui en cueillis un beau au clair de lune, un bouquet très imposant, j'avais hâte de voir son visage – une pensée singulière, me direz-vous, étant donné l'endroit où j'allais retrouver Traian. Et je commençai par chercher une tombe fraîchement creusée.

Je passai rapidement entre les sépultures, égayée par les chauves-souris qui sifflaient dans l'air autour de moi. Pressentais-je quelque chose ? Quoi qu'il en fût, je fredonnais et avançais en valsant : long, court, court, droit-gauche-droit, gauche-droit-gauche. C'était ce chant de *La Chauve-souris* :

> *À vos dépens, ah ! ah ! ah !*
> *On s'esclaffe ! ah ! ah ! ah !*
> *Vous avez fait, ah ! ah ! ah !*
> *Une gaffe, ah, ah, ah ! ah ! ah ! ah*[1] *!!*

C'est au rythme de cette valse que je me dirigeai vers la tombe.

Je ne cherchai pas longtemps ; la tombe dont la terre récemment remuée était encore bombée se trouvait non

---

1. Livret de Paul Ferrier d'après Meilhac & Halévy.

loin de l'entrée, du côté gauche. J'avais perçu aussitôt cette forte odeur de terre retournée, elle me chatouillait les narines comme l'aurait fait du musc.

Je ne sais pas exactement ce qui se passa ensuite. Une force m'envahit, me souleva, mes vertèbres craquèrent, et je ressentis une légèreté nouvelle et, en même temps, de l'excitation à l'idée que mon tour arriverait plus vite. Mon tour de quoi ? Je respirais la bouche ouverte, et poussai un soupir rauque qui résonna comme une lointaine cascade d'éboulis. Puis je m'affalai au milieu des cailloux et des mottes de terre, dans cette terre obscure si tiède encore, si accueillante, cela me démangeait, me chatouillait, et je me vautrai dans les vapeurs qui s'élevaient du sol, en émettant des grognements, des beuglements plaintifs, pressai mon front sur le sol et léchai les cailloux que je pris dans ma bouche pour m'en gargariser, avant de les recracher.

Puis je perçus une odeur aigre et les vis se dresser devant moi, les deux types de la sécurité, en costume valaque blanc. Comment ça en costume valaque ? Mais ils filèrent, avant que j'aie pu leur demander quoi que ce soit.

Je me relevai, secouai la terre qui collait à moi et rentrai à la maison. Je laissai le bouquet de fleurs auprès de Traian.

Le jour se leva, je restai sans peine éveillée, mais mon humeur s'assombrit. Je chaussai les lunettes noires.

Avec l'aide de ces verres teintés je m'abstrayais de ce monde aveuglant, importun, qui voulait à tout prix se dévoiler. Je ne désirais voir les choses qu'esquissées, ne poser sur elles que ce bienveillant regard fugace dont les effleurait Mamargot.

Nous prîmes le petit déjeuner dans le jardin.

Mamargot me tendit la corbeille à pain, et comme toujours je m'emparai du crouton.

– Bon appétit, nous dit-elle. N'oubliez pas de goûter la confiture de fraises de mademoiselle Sanda.

Je sentais la métamorphose en moi, mais tentais de me persuader que tout était comme avant.

À quel « avant » me référais-je donc ?

De nouveau mon sang se mit à bouillonner.

Geo, lui, était en verve. Il se félicitait des nombreuses grues de hauteurs diverses qu'on installait dans le village, et à l'extrémité desquelles flottaient des drapeaux, le drapeau roumain, celui du jubilée doté çà et là du chiffre 100 en rouge-jaune-bleu, et en alternance, le drapeau bleu de l'UE, et enfin, celui-là on aurait pu s'en passer, pesta Geo, le drapeau rouge du parti des Trois Roses auquel appartenait Sabin, et sans doute aussi Ata.

Des drapeaux flottaient également sur le plus haut bâtiment du lieu, cette monstruosité architecturale à quatre étages là-haut, en lisière de la forêt, non loin de l'ancienne fabrique de tissage. C'était l'ex-siège du parti communiste, et depuis le changement de régime, la mairie de B., présentement recouverte d'une énorme bâche grise, soi-disant parce que le bâtiment allait être rénové. Au-dessus de la bâche était suspendu un gigantesque portrait du prince Vlad l'Empaleur qu'on illuminait la nuit, assez fort pour éclairer aussi les toilettes mobiles installées à proximité.

Un peu plus tard dans la journée, nous y montâmes tous et nous postâmes devant le portrait, qui était – bien inutilement – illuminé même de jour, tandis que, de la boutique de souvenirs située plus haut sur le chemin du village retentissait continûment la chanson :

All that she wants is another baby
She's gone tomorrow, boy
All that she wants is another baby, ohoho

Le prince Vlad l'Empaleur remuait imperceptiblement sous l'effet du vent qui soufflait latéralement, et nous restâmes devant, comme cloués sur place. Au-dessus de l'image était écrit en lettres rouges volontairement dégoulinantes : *Dracula-Park,* et l'angle inférieur droit arborait deux logos, celui du ministère du Tourisme et la chauve-souris de la *Transylvanian Vampire Inc.*

– Mais c'est grotesque, dit Mamargot, complètement inepte ! Cette *basse-classerie* ne recule devant rien !

Ninel et moi nous efforçâmes de l'apaiser, elle ne devait pas s'agiter. Et nous poursuivîmes notre route, mais de temps à autre Mamargot portait la main à ses lunettes noires, et c'était comme si, moi aussi, les yeux me brûlaient.

J'ai cessé d'écrire à cet endroit, ne sachant si je devais vous rapporter cette conversation, si elle était indispensable à la compréhension du récit.

Mamargot tenait à ce lieu, vous le savez, et lui dire que tout avait une fin, même notre temps à nous ici, et que nous pouvions partir, quitter la Roumanie même, relevait au mieux du manque de tact.

Geo vint s'immiscer inutilement dans notre échange, en observant qu'à présent la jeunesse s'en allait pour toujours et que c'était une véritable tragédie. À quoi Mamargot réagit avec une susceptibilité inhabituelle et me demanda si B. ne signifiait donc absolument plus rien pour moi.

Pendant que nous parlions, résonnait constamment à nos oreilles la voix nasillarde de la chanteuse de Ace of Base :

All that she wants is another baby
She's gone tomorrow, boy
All that she wants is another baby, ohoho

Et je me dis que c'était drôlement loin tout ça, le changement de régime, les années quatre-vingt-dix, l'époque où cette chanson simplette était un tube, et qu'ici à B. elle continuait à passer comme si de rien n'était, en boucle et si fort, en plus.

Mais finalement, qu'est-ce que ça pouvait bien faire, pourquoi étais-je aussi agacée ?

Même en haut devant le cimetière, on entendait Ace of Base, alors que Mamargot nous interrogeait sur un oiseau, qu'est-ce que c'était, est-ce que nous l'entendions aussi ? Et avant que je puisse répondre, étonnée, que ce n'était qu'un merle, elle demanda s'il n'existait qu'un seul portrait de Vlad l'Empaleur, pourquoi donc n'affichait-on partout que celui-là ?

J'étais contente que la colère de Margot se fût apparemment calmée et dis ce que j'avais appris autrefois à l'école, à savoir qu'il existait deux portraits du prince Pal : une petite fresque dans une église dont j'avais oublié le nom, et précisément ce portrait de trois-quarts si populaire autrefois, qu'on voyait couramment. Certains spectateurs y lisaient la détermination d'un prince juste, d'autres, en revanche, y décelaient la cruauté de l'empaleur.

On se gardera, disais-je, de considérer ce portrait indépendamment de sa genèse : le peintre allemand qui œuvrait à la cour de Matthias Corvin avait respecté le canon de la beauté de la Renaissance et doté le prince Vlad d'un front haut, d'un long nez effilé, de grands yeux aux sourcils finement arqués, d'un teint pâle ainsi que d'un cou long, presque efféminé. Les chroniques hongroises et turques, en revanche, décrivaient un homme râblé, au visage buriné, marqué de rides profondes. Le rire de Margot me réjouit, et je poursuivis : le peintre allemand avait aussi, en hommage à ce prince chrétien orthodoxe, tenu compte d'un autre critère, à savoir des canons de la peinture sacrée byzantine qui allongeait systématiquement les personnages et leur prêtait le regard souverain de ceux qui savent accomplir le dessein de Dieu. Et de nouveau je réussis à dérider Mamargot − nous étions alors déjà devant la tombe qui semblait avoir été creusée récemment ou en partie fraîchement recouverte de terre.

Margot se pencha dessus et aperçut le coin du cercueil, de bois.

− Mais qu'est-ce que c'est que cette comédie ?

Ninel se signa avec un petit rire et dit :

− Mais c'est la tombe de ce Traian Fifor.

− Dieu du Ciel, s'exclama Margot qui regardait à présent la croix de béton, regardez-moi cette photo !

On avait fixé à la croix un médaillon ovale sous verre avec le buste de Traian en costume brun et cravate à rayures bleues.

− Le costume avec la cravate, ils se sont contentés de le

coller, observa gaiement Margot en se signant. Comme ce ciel bleu autour de sa tête, avec les petits nuages.

– Mon Dieu, s'écria Ninel, ce Sabin est irrécupérable, quelle nullité !

Auprès de notre crypte nous trouvâmes deux des agents de sécurité, tous les deux en costume valaque, pantalon blanc, chemise blanche, large ceinture de cuir à plusieurs lanières et chaussures cousues main.

Je m'enquis de la raison de cette tenue de fête, et ils avouèrent tout de go la tenir du père de l'actuel maire de B. Il passait un tas de touristes par ici, leur avait dit monsieur Sabin, le costume local serait du meilleur effet. Et il ne contreviendrait nullement à leurs obligations, nous n'avions pas fixé ce qu'ils devaient porter ou ne pas porter pendant leurs heures de travail.

– Mais vous ne laissez entrer aucun touriste, s'assura Mamargot.

Ils jurèrent leurs grands dieux que non.

– Faite bien attention ! insistai-je.

Et ils répondirent :

– Bien sûr ! On est là pour ça !

Je les examinai attentivement tous les deux. Ils ne m'avaient pas reconnue. Ou c'étaient les deux autres.

J'en gratifiai un d'une tape sur l'épaule.

– Faites bien attention !

Dans la cour de la maison de maître recouverte de lierre, on érigeait des cabanes à outils en tôle ; à côté s'amoncelait un monticule de sable d'où émergeaient des pelles.

On s'affairait beaucoup sur fond de musique bruyante, de

grosses fumées montaient de barbecues bricolés, il y avait des ouvriers jurant tout haut, de joyeux compères les surveillant, et aussi des camarades de Sabin avec les Autrichiens.

De temps en temps Mamargot jetait un coup d'œil depuis le portail du jardin.

– Il ne faut pas renoncer à ce lieu, chers amis, la *basse-classerie* ne doit pas le reprendre.

Je l'assurai qu'elle pourrait toujours compter sur moi ; et elle acquiesça, tout ceci me reviendrait un jour de toute manière. Elle aimait bien dire cela, et ça me mettait mal à l'aise. Pourquoi ne venait-elle pas à Paris avec moi, elle qui savait si bien parler de Paris ? Pourquoi ne quittait-elle jamais Bucarest sinon pour aller à B. ?

Je voulais de toutes mes forces admirer ce que Mamargot trouvait d'admirable à cet endroit, et quand eut cessé le bruit des ouvriers du chantier, j'allai installer ma chaise-longue sous les lilas.

L'après-midi était déjà bien avancée.

Je restai si longtemps immobile que toutes sortes d'insectes se posèrent sur moi, et que des oiseaux vinrent même se nicher sur les accoudoirs et sur mes bras. Vous n'auriez sans doute pu vous défendre de trouver ce spectacle touchant : apparemment plongée dans la contemplation et en parfaite harmonie avec le lieu, j'offrais une image de paix et de séré-nité. Or mon calme exprimait tout le contraire : il n'était rien d'autre qu'une torpeur provoquée par ma violente répulsion vis-à-vis de B. et du monde, une colère qui m'était encore incompréhensible et croissait en silence.

Derrière mes lunettes noires je feignais de ne rien remar-quer, de ne pas entendre le bruit qui, de nouveau, troublait le calme et l'activité qui, déjà, se déployait au niveau des brins d'herbe, où tout frémissait de faim et d'avidité, les araignées-crabes vertes ou jaunes comme les fleurs où elles guettaient leurs proies, invisibles. Or, malgré les lunettes noires, je voyais mieux qu'avant et entendais manifestement à présent les sons les plus ténus, certains même avant qu'ils n'adviennent, brusquement je percevais les desseins des êtres, leurs sombres desseins, la rapacité, la fourberie, l'infatigable instinct de possession et la pulsion de meurtre. Étais-je en train de délirer ?

Je voyais l'araignée-crabe agripper un gros papillon à l'aide de ses ridicules petites paires de pattes, tandis qu'avec ses longs bras elle injectait lentement son venin.

Je voyais des larves de ver luisant ramper vers un escargot pour le piquer aux cornes, entendais s'enfler la bouillie qu'il devenait et sa lente désintégration dans l'herbe, un bruit de brins d'oseille froissés ; et je faisais comme si de rien n'était. Je faisais comme si rien de tout cela ne se produisait – ou juste dans mon imagination.

Alors que non : je voyais, j'entendais réellement avec une acuité décuplée, mais au lieu de m'émerveiller de ces facultés providentielles qu'on attribue pourtant bien aux artistes et de les mettre au service de mon art, je les maudissais et tentais de m'en défaire par la passivité.

Pas question de m'amuser à accélérer les choses en respirant plus vite ou même en clignant des yeux, puisque cela affecterait aussi la durée de vie de Mamargot ! Derrière mes verres teintés je m'efforçais de ne pas bouger les yeux et de penser à Mamargot se récriant joyeusement :

– Mais regarde-moi cette splendeur !

Mais je ne pouvais contenir cette évolution en moi, encore moins la faire régresser. Je voyais de mieux en mieux, irréductiblement, je voyais contre mon gré, souvent même sans regarder. Allongée immobile dans le jardin, je percevais la procession d'impitoyables fourmis et autres insectes, les mouvements de leur lutte fiévreuse pour ce qui semblait être quelque droit inné.

J'entendais les mêmes phénomènes dans l'air, sur les arbres, et à nouveau devant moi dans l'allée blanche du jardin, je savais instantanément que le merle noir était en face de la souris, figée de peur. Et dans les yeux ronds du merle je reconnaissais le refus obstiné de tout être à prendre en compte les supplications, les plaintes et les cris de terreur des condamnés.

Tout cela était-il nécessaire, était-ce indispensable ? Un besoin d'action naturel et donc légitime, la preuve qu'on était bien vivant ? S'il en était ainsi, mon incompréhension devant cet état de choses n'était-elle pas une forme d'inaptitude à la vie ?

XII

Nous sommes du même sang

Trois jours environ après que mes sens se furent aiguisés et que je fus devenue autre, je vis Ata, le fils de Sabin, passer devant le kiosque de souvenirs. J'avais littéralement attendu sa venue et d'un regard je l'attirai vers le bas de la route jusqu'à notre portail, devant lequel il s'arrêta, étonné.

Pour ma part, j'avais beau avoir fait les jours précédents l'expérience de ce pouvoir-là entre autres terribles facultés nouvelles, il ne laissait de me stupéfier.

– J'ai senti tout à coup qu'il fallait que je te voie, dit-il à voix basse avec cette diction hésitante qu'il avait toujours avec moi.

– Je sais, dis-je, parfaitement consciente que ma sincérité ne changeait rien à l'affaire.

Il se tenait devant moi en chemise blanche et pantalon noir ; chemise cintrée et manches largement retroussées.

– Tu n'as pas changé, dit-il à voix basse.

Il m'avait toujours parlé comme ça, tout bas, pour m'obliger à me pencher vers lui. Mais je n'entendais que trop bien, et le mouvement que j'esquissai vers lui ne visait qu'à le leurrer.

– Tu n'as pas changé, dit-il un peu plus fort.

– C'est gentil, dis-je, merci.

Je m'éloignai d'un demi-mètre. Je gardai mes lunettes de soleil à travers lesquelles il me paraissait pâle, avec des yeux et des cheveux d'un noir d'encre, on aurait dit son propre portrait à la craie noire, avec rehauts de blanc sur papier grisé.

Mes amies Tina et Arina étaient toutes les deux amoureuses de lui et me soupçonnaient de l'être aussi : « Allez, avoue ! » Contrairement aux gars du village, Ata avait les pieds sur terre, affirmaient-elles, il réussirait. C'est ce que disait leur mère, Tante Ana. Je levais chaque fois les yeux au ciel en répondant qu'Ata était un type inconsistant, un être sans passion. C'est ce que Mamargot disait, elle, de certaines personnes qui ne lui inspiraient pas grande estime. Tina et Arina ricanaient : « Toi aussi tu l'aimes, avoue ! » Et elles le dirent même une fois devant Ata, en passant : « Allez, avoue ! » Et l'une d'elle me poussa dans sa direction en glapissant d'une voix aigüe, inhabituellement hostile : « Allez, avoue ! » Je surpris alors le sourire d'Ata.

Était-ce un sourire suffisant ? Ou triomphant ?

Ce n'était pas n'importe qui, il avait les pieds sur terre – disaient tous les paysans à B. Peut-être parce que lui, en plus d'être le fils de l'homme le plus influent du village, affichait une assurance relativement souveraine qui contrastait avec la perpétuelle agitation de son père. Il se tenait toujours droit, allait toujours seul, ne nouait pas d'amitiés et n'avait que des aventures éphémères et très discrètes, avec des femmes qui voyaient sa discrétion d'un mauvais œil et rivalisaient de confidences sur d'incroyables rapports intimes.

Ainsi s'étaient tissées l'une après l'autre les légendes autour de la virilité d'Ata, qui se soldaient à l'occasion par des querelles de femmes allant parfois jusqu'au pugilat et ne faisaient qu'ajouter à sa gloire, et je me demandais, perplexe, comment un homme sans passion pouvait en susciter d'aussi fortes chez les autres.

Pour vous donner une idée précise d'Ata, sachez que son apparence manifestait clairement son intérêt pour la mode masculine. Alors qu'ici les gens étaient habillés simplement voire pauvrement, qu'ils allaient nu-pieds ou en tongs, Ata portait des chemises empesées et des vestes à l'ancienne mode, et même, à une certaine époque, un panama. Ce soin de lui-même et ses apparitions solitaires avaient le don d'émouvoir les gens du village. On aimait que le fils Ata fût très différent de son père. Il avait l'air au fait de tout, mais semblait comme détaché – un profiteur certes, mais qui restait au-dessus de la mêlée et des luttes pour le profit, quelqu'un à qui tout arrivait rôti dans le bec, à sa manière un élu.

Le buste délimité par notre clôture qui lui arrivait aux aisselles, il me regardait de biais, offrant ce célèbre profil de trois-quarts des tableaux du Cinquecento, avec ce remarquable nez aquilin qui, d'après la théorie des tempéraments, dénote puissance, virilité et noblesse. Derrière son épaule gauche se trouvait un sapin à l'écorce crevassée, que parcourait une longue file de fourmis bizarrement luisantes. Derrière la droite, sinuait notre chemin tortueux, qui donnait au moins quelque profondeur à l'image.

Ata fit mine de s'éclaircir la gorge.

– Tu ne me fais pas entrer ?

– Mais si, je t'en prie.

Nous allâmes nous asseoir sur le banc près des lilas. Il émit son rire de basse enroué et me demanda si je jouais toujours au tennis.

– Non, dis-je, moins souvent qu'avant.

– Pourquoi ?

– Je manque de partenaires maintenant.

Il eut un nouveau rire enroué.

– Nous pourrions jouer ensemble de temps en temps, dit-il.

– Je n'ai pas envie, dis-je, je ne vais pas bien.

– La mort de cette tante t'a affectée.

– Pas tant la *sienne* que celle de Traian.

– Ce pauvre Traian, dit Ata.

Ce n'était même pas de l'indifférence dans son ton, plutôt de l'ironie. Et ce fut cette ironie… Rétrospectivement je suis persuadée que c'était cette ironie qui m'indigna tellement, et qu'elle provoqua aussi sa perte.

Le vent bruissait dans les feuilles et non loin de là une planche se fracassa sur le ciment, tandis que, plus haut près du kiosque, une femme criait « *Awesome. Honey, this is really awesome !* »

– Tu l'aimais bien, Traian, en fait, dit Ata.

– Oui.

– Désolé, dit-il.

– Que je l'aie bien aimé ou qu'il soit mort comme ça ?

Nos regards se croisèrent, et quand je souris, Ata pouffa de rire.

– Tu m'as manqué, dit-il en me prenant la main.

Mademoiselle Sanda nous interrompit en posant sur la table une assiette de ses pâtés – feuilleté aux épinards et feuilleté aux orties avec beaucoup d'ail –, ainsi qu'une carafe d'eau et des verres bleutés.

En écrivant, je revois cette carafe de cristal transparent ressortir dans la lumière blafarde, c'est comme si elle était à côté de ma main droite, avec son verre embué, et quand je m'interromps brièvement, j'ai l'impression de sentir encore sa très grande fraîcheur sur le dos de mes mains. L'eau venait du puits de notre jardin.

Voulions-nous aussi du café ? Et de la confiture de fraise ? Ou un peu de confiture de roses ?

– Merci beaucoup, dit Ata, nous avons tout ce qu'il nous faut.

Et mademoiselle Sand se retira avec un sourire satisfait, pour se retourner au seuil de la maison :

– Si vous avez besoin de quelque chose, je suis là.

Puis arriva Geo, qui salua Ata avec une chaleur inaccoutumée, en lui tapotant l'épaule :

– Comment allez-vous, jeune homme ! Et veillez bien sur cette jeune dame !

Ata se leva pour baiser la main de Mamargot et de Ninel.

– Bon voyage ! leur dit-il. Faites attention à la route, elle est pleine de nids de poules malheureusement.

Mamargot esquissa à mon intention une grimace amusée, que je lui rendis. Elle allait à Bucarest consulter un avocat digne de confiance et un médecin par la même occasion. Yunus la ramènerait dans quelques jours.

Ata et moi fîmes des signes de la main vers la voiture qui partait.

– Traian a-t-il beaucoup souffert ? lui demandai-je.

– N'y pense plus, ça ne sert à rien.

Mais savait-il quoi que ce soit sur la mort de Traian ?

– Tu es de la milice ? demanda Ata, amusé. Allez, ne me laisse pas manger tout seul !

Était-il insensible ou avait-il juste pris l'habitude d'arborer cet air de flegme ? Si j'avais alors fait son portrait, j'aurais peint ce mystère dans ses yeux fuyants.

Je lui versai de l'eau et lui demandai carrément si c'était notre caveau familial qui l'intéressait – comme son père.

– Parle-moi plutôt de ta parenté avec Dracula, dit-il, tu me l'avais cachée.

Il se pencha entre les verres pleins pour m'embrasser.

– Allez, avoue, dis-je, tu veux juste que j'autorise l'accès au caveau.

– Ah, mon Dieu, soupira-t-il

– Avoue !

– Bien, si ça peut te faire plaisir, j'avoue tout ce que tu veux.

Nous nous embrassâmes, il sentait le feuilleté à l'ail.

– N'empêche que je n'autoriserai pas l'accès au caveau, dis-je.

Il rit :

– Et pourquoi pas ?

– Parce que ce serait dangereux pour tout le monde.

– Dangereux ? On pourrait aussi vous exproprier. Tu y as déjà pensé ?

– Ce n'est plus aussi simple qu'avant, crois-moi. Là il n'y a pas de risque.

– Mais il y en a où ?

Ata but une gorgée de son verre.

– Dans tout autre chose, répondis-je d'un ton chargé de sous-entendus.

Il chuchota, sûr de lui, avec son enrouement affecté :

– Mais j'aime le danger. Pas toi ?

– Si, si, répliquai-je, absolument.

J'avoue qu'après cette rencontre avec Ata j'attendis la nuit avec impatience, et avec elle, une de ces terribles rencontres semblables à celles dont j'avais maintenant fait l'expérience. Mais je n'aurais pas encore su dire pourquoi j'avais ce désir de nuit, et en tentant de vous éclairer malgré tout, je suis prise d'une nervosité qui ne fait qu'inhiber ma plume. Je me contenterai donc de m'en tenir à ce qui s'est réellement passé – libre à chacun de juger, au mieux par devers soi, car on connaît ces autojustifications qui régissent les jugements rendus publics

J'avais donc hâte qu'arrive la nuit et vis avec une sorte de volupté la lumière décliner, le scintillement mauve sur les vitres des maisons vides, les structures rougeoyantes des grues. Les montagnes viraient lentement au noir, la forêt voisine s'assombrit peu à peu.

Au crépuscule les chauves-souris commencèrent à voler en poussant de longs cris aigus, tandis que la chaleur montait de la pénombre des jardins en drainant un parfum douçâtre de fleurs fanées. Au-dessus de B., la lune brillait d'un éclat blafard, telle une lanterne LED au plafond d'une grotte.

Quand j'allai me coucher, un silence de mort régnait dans la maison, pourtant l'écho de mon dessein y résonnait dans le moindre recoin. Il devait être minuit passé, les draps froissés d'humidité sous moi me démangeaient, toujours bien éveillée, je retenais mon souffle.

À plusieurs reprises je crus le moment venu et me mis à trembler ; pour me calmer, j'invoquai cette chanson de mon enfance : « Johnny, tu n'es pas un ange… », je me demandai pourquoi ça ne faisait rien à la femme que Johnny fût bon ou pas et faillis m'endormir en remuant ces étranges pensées.

Le reflet rectangulaire d'un clair de lune insistant s'étalait jusque sur ma couverture, déplaçant les meubles et étirant sa bande blafarde de la fenêtre à mon lit.

Je faisais mine de dormir et de ne voir tout ça qu'en rêve, y compris celui qui vint enfin à moi sous la forme d'une fumée verte scintillante, une fumée d'encens épicée qui emplissait à présent toute la pièce. C'était bien de l'encens, je le reconnus les yeux fermés, mais si concentré, à l'odeur sucrée tellement prononcée, qu'il semblait devoir camoufler quelque chose d'autre.

Sur les murs je perçus un mouvement de reptation, la montée rapide d'une humidité froide. Dans la chaleur de la nuit d'été, la glace et le feu m'envahirent tout à tour, accompagnés de mille picotements, aux aisselles, entre les jambes, les lèvres, dans le palais, partout où la peau touchait la peau et voulait s'ouvrir.

Je l'avais entendu effleurer le rebord de la fenêtre, se glisser lentement sous les draps, un souffle continu qui couvrait mes soupirs.

— Viens, dis-je, hardiment mais comme si je parlais dans mon sommeil, viens !

Alors il se jeta sur moi sous sa forme d'homme, un être de pesanteur que j'enlaçai aussitôt.

Au premier attouchement je me figeai de dégoût. Il était lisse comme une statue de marbre cirée, et tiède tout à la fois. Je gardai les yeux obstinément clos, retirai vite mes mains. Il sentait l'encens et la cave, cette odeur de moisi de l'écureuil empaillé du débarras de la villa, et aussi le cuivre, comme certaines chaînes de Mamargot. Mais son odeur réussit tout de même à m'émouvoir. Je pressai mon dos contre le matelas et soulevai les reins.

— Viens, dis-je, et de légers sons me répondirent dans un souffle, indistincts, comme venant d'abîmes insondables, mais qui me chatouillaient l'oreille.

Je voulus dire encore quelque chose, mais un frisson glacé me parcourut soudain jusqu'à la gorge, je sursautai en criant et me cambrai.

Je m'arrimai solidement à ce corps tiède au-dessus de moi. Puis je le repoussai et me retournai sous lui, tandis qu'il continuait au même rythme, comme si sa force n'était que mon imagination.

Grisée, j'appelai ardemment l'extase, mon épuisement n'avait d'égal que mon désir inassouvi.

Son corps restait tiède, et si lisse que ma sueur n'adhérait même pas à sa peau.

Nous ne nous embrassâmes par sur la bouche, nos visages s'agitaient trop vite, mais quand, les yeux mi-clos, j'aperçus la pointe de son sein, je l'aspirai et mordis, sur quoi son sang jaillit dans ma bouche, tiède, collant à ma langue.

— Nous sommes du même sang, chuchota-t-il.

Je suçai le bout de son sein jusqu'à ce qu'il me repousse et se lève avec détermination, un spectre enveloppé de ténèbres, gris dans le clair de lune.

– Ne t'en vas pas, je t'en prie, ne t'en vas pas !

Je tremblais de tous mes membres, voulais encore dire quelque chose – mais quoi ? J'avais oublié. Ah oui, citer des livres, oui, parler de la femme qui trace au crayon sur le mur l'ombre que son amant y projette, le début de toute peinture.

Je voulais dire quelque chose, mais déjà il était dans l'embrasure de la fenêtre, il se dressait là, seul, mais ne projetait aucune ombre.

Je le saisis par son vêtement noir, mais il s'évanouit. Il n'y avait plus que moi, maintenant, à la fenêtre, avec, dans la main, une fumée noire qui se volatilisa bientôt.

Quand j'ouvris les yeux, j'étais couchée dans mon lit, bizarrement contorsionnée, si bien que je ne reconnus ni la pièce ni la disposition des meubles. La langue me piquait, collait à mon palais tout sec, comme après un excès d'ail.

XIII

D'en haut

Après son départ, je restai là, en proie à de sérieux doutes. Était-il vraiment venu ? Sensation d'engourdissement dans tous les membres.

Je courus à la fenêtre et sautai.

C'était comme en rêve, et en même temps ce ne l'était pas, car il n'y avait personne qui m'eût poussée intentionnellement et, de plus, je ne ressentais aucune crainte. Je plongeai dans le vide la tête la première, zébrant l'air, vis le mur de la maison onduler telle une mer blanche agitée de vagues, entendis un grondement.

En tombant, j'esquissai de la langue ce « tss-tss » marquant la réprobation, accompagné du mouvement de tête frondeur que tout le monde fait ici, comme ça en passant, quasi mécaniquement.

Il me suffit d'un « tss-tss » et d'un mouvement de tête pour reprendre de la hauteur, mon ventre effleura l'herbe humide, et je plongeai dans l'autre direction, me faufilai en silence à travers les lilas humides, survolai la pompe, la clôture et l'étroit sentier, puis m'élevai vers la cime du premier sapin du chemin. Réveillé, un couple de tourterelles turques s'enfuit en battant lourdement des ailes. Moi, en revanche, je me sentais étonnamment légère, aussi souple qu'une pensée errante, ne connaissant plus ni haut ni bas.

Le long du sapin, mes bras et mes jambes esquissèrent des mouvements d'escalade, alors qu'étant dans l'air je ne pouvais prendre appui sur quoi que ce soit, si ce n'est sur ma volonté de m'arranger de ma nouvelle force. Je n'éprouvais pas non plus de surprise ni la moindre allégresse, mue par la seule pulsion de mettre en œuvre jusqu'au bout cette puissance nouvelle, quelle qu'en soit le but.

Au-dessus de la forêt, d'un bref « tss-tss » je me détournai, me positionnai sur le ventre en esquissant des mouvements de natation, un clair de lune blafard dans le dos.

Je me dirigeai vers la forêt, ne pouvant m'attarder sur B., les constructions en ruines et les grues, les tentes, les abris temporaires et les voitures de retransmission des stations de télé, les nouvelles lueurs qui pullulaient et dont le réseau évoquait d'en haut une toile d'araignée poussiéreuse.

Dans la clairière j'aperçus la propriété d'Ata, une villa informe très semblable à la nôtre, avec un jardin fleuri et deux courts de tennis. Au moment où je la survolai, ses chiens aboyèrent, certains sautèrent vainement au-dessus la clôture.

Je les laissai faire et poursuivis ma course dans les airs, nue, les cheveux au vent. J'aurais dû avoir froid, mais je n'avais pas froid. Mes yeux ne pleuraient pas non plus, à mes oreilles ne bruissait aucun souffle de vent.

Selon toute apparence les lois de la nature ne m'affectaient plus du tout, et j'acceptai cet état de fait, sans crainte, comme les héros roumains du Moyen-Âge avaient autrefois accepté leur destin. Au-dessous de moi les cimes des arbres ondulaient doucement dans la brise, les rapides des torrents et des ruisseaux renvoyaient mille reflets de la lune.

Dans les clairières les chevreuils se mirent à aboyer.

L'un d'eux surtout poussait des cris bruyants et rauques, en tirant la langue comme pour se moquer de sa propre peur. Il criait, criait, de plus en plus fort, l'écume à la gueule.

Je fondis sur lui et lui rentrai son rire dans la gorge d'une longue sucée.

Le tenant solidement d'un bras sous le gosier, j'entendis son gargouillis faiblir, puis la bête s'effondra sur le sol, jambes croisées. Entre deux grandes goulées je fredonnais, tandis que le cri rauque de l'animal se fondait lentement en un son étiré, pacifié.

J'essuyai le sang de ma bouche et de mes bras sur le pelage de l'animal, puis d'un « tss » décollai du sol et repris de la hauteur. En moins de temps qu'il ne faut pour le dire je planais de nouveau sur la forêt, cherchant la rivière des yeux.

Elle m'apparut, très claire, comme si elle ne connaissait pas la nuit. Avait-elle un nom ? Je ne m'en étais jamais enquis. J'en distinguai avec une incroyable précision le moindre caillou veiné de blanc. Ça sentait la menthe fraîche et l'oseille, sur la rive fleurissaient la cardamine des prés et la salicaire, que surplombait la berce laineuse blanche.

Des lambeaux de brume m'humectèrent le visage au passage.

Poursuivant mon vol, je sentis la rosée sur mon corps s'égoutter et j'eus l'impression de pleurer.

À travers les fumées douçâtres de la décharge d'ordures j'aperçus des ours, des loups, des renards, et sur une branche, dans le contre-jour de la lune, la silhouette d'un écureuil qui me parut familier.

Un « tss » et je filai dans les airs, remontai le long de parois rocheuses, puis dévalai des pentes auxquelles s'accrochaient des sapins, survolai des cascades, de petites anses et des landes, des falaises abruptes et des crêtes déchiquetées, de noirs corridors béants où la lumière ne pénétrait pas. Je naviguai dans les ténèbres, puis replongeai dans la lumière blafarde, survolai les câbles du téléphérique qui monte au célèbre sphinx des monts Bucegi et continuai vers la Croix de Caraiman érigée à la mémoire de nos glorieux ancêtres. Les créatures qui rodaient sur son socle clôturé me sentirent approcher et détalèrent en glapissant, renversant des boîtes d'aluminium qui brillèrent dans la nuit.

Je glissai lentement dans l'ombre de la croix, jusqu'à ses pieds.

Et je me retrouvai devant elle, le nez sur son socle où étaient fixées les petites plaques en nickel de l'association du culte des héros, que je fus bien forcée de lire.

La reine Maria avait fait bâtir la croix après avoir vu en rêve les Carpates « éclaboussées du sang des héros de la patrie ». De toutes les croix de cette dimension, c'était, disait-on, la plus élevée au monde.

De là j'embrassais du regard le vaste paysage de collines parsemé de villages, de villes, de forêts, et je vis B., notre villa, le chemin, les maisons voisines en ruines, bientôt défigurées jusqu'à en être méconnaissables, les halos de lumière autour des grues brillantes, et, un peu plus haut, le cimetière, les tombes, et la nôtre, qui était là elle aussi, la sépulture du prince et voïvode Vlad l'Empaleur !

Je dressai l'oreille. Ici en haut régnaient le silence, la nuit, la solennité. C'est là que les combattants valaques avaient assailli l'ennemi. Le vent soufflait sur la plateforme et m'ébouriffait les cheveux. Il devait faire froid, j'étais nue, mais n'avais aucune sensation de froid.

Lentement j'étendis les bras, puis criai à travers les Carpates :

– Me voici, mon prince !

Mais c'est un hurlement qui sortit de ma gorge, semblable à celui d'un loup.

– Voici… Prince… !

Ou plutôt que d'un loup, un cri guttural qui se distendait en un hurlement. J'en perçus l'écho – mais aucune réponse.

Je dressai longuement l'oreille dans la nuit.

Puis je l'appelai de nouveau. Et c'est peut-être cette immense impatience de tout mon être contracté qui, de nouveau, déclencha un hurlement furieux effarouchant tout le vivant. Je secouai la tête et poursuivis ma route – survolant des pins de montagnes, des crêtes déchirées et des forêts, la rivière, des sapins, des hêtres, le gibier en fuite, des routes, des versants défrichés et des places éventrées, des terrains, le dépôt de la firme Schweighofer crûment éclairé, de hauts tas de bois, puis, de nouveau, les hachures sombres des champs, d'autres dépôts, d'autres friches.

Aimais-je ce pays comme nos aïeux étaient censés l'avoir aimé ? Je passai devant des stations-services, des villages, des fabriques en ruine, les bâches de plastique des maraîchers qui flottaient au vent, et cherchai une ressemblance avec la topographie des lieux que j'avais autrefois en tête, pas plus loin qu'à l'adolescence.

Lentement je voyais défiler des blocs d'immeubles aux fenêtres éclairées d'une lueur bleue, des réclames lumineuses qui clignotaient et, dans les jardins des petites maisons en torchis, des panneaux publicitaires de plusieurs mètres pour le *Money-Transfer*. Je naviguais au-dessus de massifs de fleurs – des roses et de ce jasmin qu'enfant j'appelai « reine de la nuit » –, de l'asphalte qui ondulait sur les racines d'arbres, le long d'allées de peupliers, puis je survolai encore des maisons dispersées, le toit rond d'un puits, des bancs, de sombres châtaigniers chatoyants. Au niveau d'une maison en torchis je respirai aussi l'odeur prégnante de la peau d'aubergine brûlée. Mon pays !

Au sol, une voiture à cheval tourna au-dessous de moi, les chevaux me flairèrent et se cabrèrent aussitôt. C'était bien moi sur la pointe des poteaux électriques dont les touffes de câbles noirs pendaient jusqu'à terre, et je parcourais la région avec la conscience d'un messager du prince chargé d'inspecter le pays et les gens, de noter les preuves de mauvaise gestion, les chantiers abandonnés, les voitures garées en désordre sur les trottoirs, la quantité absurde de bancs dans les parcs et les innombrables bureaux de change et de loterie.

La bouche grand-ouverte, je volais derrière un papillon de nuit autour de la statue illuminée d'un lanceur de grenade à un bras, quand, au-dessous de moi, un véhicule tout terrain vira dans un grand crissement de pneus, et que je sautai – je ne pus faire autrement – sur son toit couleur anthracite.

Je rebondis dessus plusieurs fois comme sur un trampoline, si bien que le toit de la voiture se cabossa.

La voiture stoppa, mais le moteur resta allumé. J'attendis deux mètres au-dessus du toit cabossé, à l'intérieur on fit taire les battements sourds d'une percussion. Puis la portière s'ouvrit, et un homme au crâne rasé, lunettes noires sur sa calvitie, sortit, visiblement peu rassuré.

Il fit le tour de la voiture, examina la route.

– Un chien ? cria une tête blonde par la portière.

– Le chien, c'est toi et ta putain de mère ! répliqua l'homme.

Il se mit à plat-ventre pour regarder sous la voiture.

– Mais c'était sur le toit, cria la tête blonde.

L'homme se releva en jurant et examina le toit.

– Mais qu'est-ce qui… ! et il leva les yeux, perplexe.

J'entrai alors dans son champ de vision, cocon blanc aux bras et aux jambes écartés. Mes cheveux noirs me tombaient sur la figure, mes seins nus pendouillaient. Et mes doigts se crispaient dans le vide, comme des serres.

– La vache ! cria l'homme, qui secoua la tête et se mit à rire.

– Qu'est-ce qu'il y a, pourquoi tu ris ? Tu es toujours en train de rire, cria la femme blonde, qui sortit à son tour.

L'homme me désigna du menton, et la femme leva la tête.

Elle regarda mon corps nu, puis l'homme, puis releva la tête vers moi.

– Bon Dieu, quel salaud tu fais, cria-t-elle enfin. Je rentre à pied.

Elle claqua la porte de la voiture.

– Eh, tu esquintes ma voiture maintenant ? cria l'homme.

J'émis un « tss » affligé de toute cette *basse-classerie* sous moi et me détournai.

Mais pour aller où ? Où donc ?

Je survolai des toits couverts d'antennes et de paraboles satellites, des cours de fermes et des parcelles, des champs de maïs, des champs de blé, des parkings, des galeries marchandes crûment éclairées et des garages, des formes fuyantes, de petites collines et des chemins escarpés, m'efforçant de lire les lignes au-dessous de moi.

Dans les profondeurs d'un lac j'aperçus un pont en ruines. Puis de nouveau des groupes de maisons, qui me firent chaud au ventre, à cause de la vie là-dessous ou de la décomposition de cette même vie. Fumée douçâtre, partout des ordures, isolées, entassées, empilées, et des gravas, des habitations implantées de guingois, des cours bétonnées, des chiens qui aboyaient, et sur l'autre versant le mugissement de camions qui passaient, des lumières jaunes et rouges, puis de nouveau le silence – un lieu délaissé, abandonné.

Cette chaleur douçâtre qui montait vers moi, la pourriture qui se répandait largement alentour…

Un « tss » – et je sentis alors cette pression sur l'épaule droite et le sus au-dessus de moi ; ou à côté, car il n'y avait plus ni haut ni bas, mais bien une avancée à travers la nuit, que nous fendions de conserve, laissant derrière nous aux lignes ennemies des champs en feu et des points d'eau empoisonnés.

C'est en pure perte qu'on surnommait Mehmed II Abu al-Fatih, Le Conquérant ! Certes il commandait une armée puissante, aussi importante que pour la prise de Constantinople ! Ses bataillons de cavaliers recouvraient la campagne, ses troupes de janissaires armées de lances, de pieux, de sabres et de yatagans, avec les étendards, les chameaux et l'artillerie. Mais ils parcouraient un pays brûlé, désert : une odeur âcre d'incendie, et pas d'eau. Les puits étaient obstrués, il n'y avait pas un être vivant à des lieues à la ronde.

Ces sauvages avaient dévasté leur propre pays et s'étaient retirés dans les montagnes.

Puis ils trouvèrent cette femme dont le voile blanc était

sale et qui suçait un fouet en cuir, assise devant une maison en ruines.

Ils avaient bien fait de venir, elle leur dirait tout sur les Valaques, mais d'abord il fallait lui donner à boire et à manger, déclara-t-elle.

Un chef de janissaires la prit en croupe et l'amena au camp. En chemin il la pelota et s'étonna de sa docilité. Il lui fit donner un bain dans sa tente et changer de vêtement, avant de l'amener au sultan.

Une si belle femme, défigurée, pensa le sultan.

Puis la peste se répandit dans le camp.

Beaucoup périrent, car les malades et les fiévreux étaient immédiatement occis par leurs camarades, leurs cadavres brûlés. On se lavait et on buvait à tout bout de champ pour ne pas avoir l'air fiévreux, et donc contaminé. L'eau commença à manquer.

On redoutait les puces qui infestaient les cadavres, brûlait des vêtements et des tentes.

Partout cette âcre odeur de fumée, et presque plus d'eau.

On abattit des chameaux et dut abandonner le célèbre canon du siège de Constantinople, qu'on enterra pour le mettre à l'abri des Valaques.

Qu'Allah soit avec nous !

Sans cesse on envoyait des troupes de cavaliers chercher quelque nourriture, des vaches et des moutons, mais la plupart ne revenaient pas.

Restez là où vous avez de la vue, évitez les herbes hautes, évitez les marais, évitez la forêt ! Ne vous risquez pas dans les défilés, car là vous guettent les terribles soldats du prince Vlad. Restez sur vos gardes et ne vous dispersez pas, ne vous isolez pas, ne poursuivez seul aucun chevreuil, aucun lièvre, n'allez pas à la chasse. Car c'est vous que l'on chasse.

Et qu'on ne ralentisse surtout pas, défendait le sultan, l'armée devait atteindre au plus vite les Carpates où il y aurait de l'herbe pour les bêtes, de petites rivières et, enfin, quelque fraîcheur.

Dans la vallée une chaleur torride, qui persistait même la nuit.

Et lors de cette nuit impie il faisait encore plus chaud que d'habitude...

Pas un souffle de vent dans le camp, les tentes immobiles.

Alors résonna ce cri effroyable, d'une victime ou de son bourreau.

Le sultan sauta sur ses pieds, sa lame acérée à la main, des hordes armées de flambeaux qui n'avaient rien d'humain déboulaient devant sa tente, partout des cris de guerre, des hurlements stridents, et bientôt le son des trompettes. Dehors il vit des Ottomans combattre des Ottomans, les troupes de janissaires se battre entre elles, un mahométan contre un autre. Et il cria :

– Shaitan ! C'est Satan en personne !

Ils se sabraient les uns les autres avec leurs yatagans dégoulinant de sang, tranchaient des têtes et des bras, et jusqu'aux jambes des bêtes, tandis que les tambours battaient inlassablement l'alarme.

Visages déformés aux bouches béantes, enchevêtrements sanglants, entrailles jaillissantes, flambeaux brandis comme des sabres, les yeux des chevaux agrandis de terreur, partout des hommes qui s'écroulaient sur les genoux, piétinements, images nocturnes vacillantes.

Le sultan survécut sous un cadavre. Était-ce celui d'un

Ottoman ou d'un Valaque déguisé, le lendemain il leur fut impossible de l'établir. Trop de soldats étaient morts au combat, la plupart de la main de l'ennemi, dit-on. Et lorsqu'ils se remirent en marche, ils n'étaient plus que la moitié.

Pourtant le sultan ne voulait pas renoncer. Avec l'aide d'Allah il vaincrait ce shaitan. Il voulait juste nous intimider, nous faire oublier par la ruse combien sa puissance était dérisoire.

Ils érigèrent des remparts autour de leur camp de nuit, les hérissèrent de pieux, et les janissaires, avec leur turban blanc qui symbolisait la manche du Hadji Bektas, se rassemblaient sous les tentes pour réciter les préceptes du maître : « Heureux celui qui éclaire l'obscurité de la pensée. »

Après avoir marché des jours et des jours dans une tension extrême, ils atteignirent Targoviste, le siège de la principauté valaque : la troupe de cavaliers envoyée en éclaireurs trouva la ville abandonnée. Craignant un piège, le sultan ordonna de contourner largement la ville soi-disant fantôme.

Mais voilà qu'une tempête s'éleva devant eux, obscurcissant les alentours, sans apporter d'air frais, bien au contraire : un atroce relent de pourriture, toujours plus insoutenable, empestait l'atmosphère.

Un peu de fraîcheur au pied des Carpates leur ferait du bien, ils y étaient presque, bientôt ils pourraient dresser leurs tentes.

Les roulements des tambours retentirent, dictant la cadence d'une marche accélérée. Mais les nuages noirs s'élevaient maintenant en sifflant, des milliers de corbeaux, croassant et, avec eux, des effluves de musc épouvantablement douçâtres, qui bouleversaient jusqu'à la moelle ces hommes aguerris.

– La forêt ! cria quelqu'un.

– La forêt ! crièrent les guerriers les uns après les autres.

Et le tambour lui-même perdit la cadence, émit encore quelques sons vibrants, avant de se taire.

Le sultan passa à l'avant pour la voir, cette forêt si impressionnante.

Mais il n'y avait là ni sapin ni hêtre, juste une forêt de pieux – auxquels pendaient des morts.

Le sultan avec son grand vizir, sa garde et sa troupe d'assaut, suivi du reste de l'armée, traversa dans un tel silence cette effroyable forêt que les corbeaux revinrent s'abattre sur les cadavres, les têtes pendantes, les épaules percées, fondant sur la poitrine des morts qui grouillèrent bientôt de battements d'ailes et de criaillements.

Les squelettes tournaient vers le sultan leurs orbites vides et leurs dentures découvertes, exhibaient des lambeaux de chair décomposée, des vêtements en loques et des os éclatés. Partout ça bourdonnait. De grosses mouches zébraient l'air et venaient se poser sur les armures polies.

Sur les bords se dressaient les pieux les plus petits, si bien que nombre de squelettes empalés là touchaient le sol, mais plus on avançait dans cette forêt démoniaque, plus les pieux grandissaient, et sur le plus haut, le sultan, qui tenait le bout de son turban devant son nez, s'aperçut lui-même, lui Mehmed II, Abu al-Fatih, avec exactement le même turban que celui qu'il portait !

Son grand vizir avait-il lui aussi cette vision d'horreur ? Les guerriers voyaient-ils cela ?

Le sultan se mit à rire.

Les autres l'imitèrent, le rire se déchaina.

– Shaitan ! cria le sultan. Cet homme est Satan !

Et ils firent demi-tour en riant.

XIV

Ordo Draconis

Pendant cette période le dessin demeurait ma seule routine. J'emportais partout mon bloc d'esquisses et mes crayons, la plupart du temps au cimetière de B. où je m'installais chaque jour depuis le départ de Mamargot.

Il faut se représenter ce paysage : une colline couverte de hautes herbes jaunes, roussies par endroits, qui se couchent sous le vent, on entend les grillons, on sent quasiment le foin rien qu'à la vue de ces couleurs, et au beau milieu de tout ça, les tombes vous ont des airs d'abris de bergers, mais voilà que partout émergent des bras tendus, disgracieusement tannés par le soleil, et des mains repliées, crispées sur des smartphones, avides de selfies : un selfie avec la tombe, un autre avec l'inscription gravée dessus, des centaines de selfies avec les croix de guingois.

Des selfies devant notre crypte, des selfies devant ces hommes bizarres en costume local ; exhibitionnistes cyniques quêtant obstinément l'image la plus cocasse. Et toujours en riant, comme si la photographie n'était que divertissement.

– It's really awesome.

– Yeah !

– But guys, guys, after all: where is Vlad?

– Voulez-vous un dessin de vous en Vlad l'Empaleur ? demandais-je, mon bloc sous le bras, comme autrefois à Montmartre.

Mon premier modèle fut un touriste hollandais d'environ vingt-cinq ans. Je fis d'abord une esquisse caricaturale dans le style de Jan van Eyck, et tout en le déformant vigoureusement, obtins quelque ressemblance avec le sujet : un large visage de paysan, un étroit front bombé, des yeux plutôt petits et un nez retroussé qui découvrait les narines. Il avait les tempes rasées et une natte de samouraï. Je le priai de dénouer ses cheveux, ils lui arrivaient à l'épaule.

– C'est mieux comme ça, dis-je.

Il me regardait faire, confiant.

Je superposai à son image les traits de Vlad l'Empaleur tels que le représente le fameux tableau : reculai la racine des cheveux, augmentant ainsi le front, lui dessinai les cheveux plus près du visage, fis l'arête du nez plus abrupte et agrandis aussi les yeux.

– Vous avez une belle bouche, lui dis-je, elle ressemble à celle du prince.

Il en était réellement ainsi. À présent la similitude était indéniable.

Et l'homme fut enchanté.

L'argent qu'il me remit pour le portrait, je le donnai sur le champ aux gardiens de notre crypte.

Je leur donnai tout l'argent que je gagnais avec mes dessins, histoire de leur rappeler pour qui ils travaillaient.

La crypte restait par conséquent résolument fermée aux

touristes, tandis qu'on se pressait pour avoir son portrait « en Dracula », comme on commençait à dire. Je ne crois pas me tromper en affirmant que ces portraits que j'effectuai au cimetière, étaient bien alors la seule « attraction-Dracula » à B.

Chacun pouvait faire l'expérience de sa ressemblance avec Dracula. Et tout en dessinant, assise sur une tombe, sur un banc ou simplement par terre, je leur contai Vlad l'Empaleur. Les gens m'en étaient reconnaissants. À leurs yeux j'étais une autochtone, qui, au-delà de tous les pièges à touristes d'arnaqueurs comme Sabin, leur racontait enfin la véritable histoire du légendaire Vlad Dracula.

Dracula, ainsi le nommait-on déjà à l'époque où il régnait sur la Valaquie, car son père était un Dracula. Un nom emblématique de loyauté et de pugnacité.

L'histoire commence ainsi : Au long règne de Mircée le vieux, prince de Valachie, succéda une époque de troubles et de désordres. Ce prince avait présidé trente-deux ans aux destinées de la Valachie, et les chroniques bourguignonnes disaient de lui qu'il était « le plus valeureux et le plus sage des princes de la chrétienté ». À la faveur d'un habile réseau d'alliances, il était, en effet, parvenu à pacifier la région – il se conduisait en allié loyal de Sigismond de Luxembourg, roi de Hongrie, et payait à l'Empire ottoman un tribut symbolique en échange de son indépendance. Il favorisait les échanges, faisait battre une monnaie qu'on utilisait au-delà des frontières du pays, et il était l'ami de la musique vocale et de la peinture sacrée. Ses nombreux enfants furent éduqués selon les préceptes de ses conceptions pacifiques : un souverain avait à vivre en paix avec ses voisins, à veiller au bien commun et à transmettre la doctrine chrétienne.

Vous vous demanderez comment, après la paix et la concorde qui avaient marqué deux générations, la guerre éclata tout à coup – sous forme de guérillas et de basses querelles pour la succession au trône. La faute en revient à ces grands propriétaires très puissants qu'on appelait les boyards et qui, chacun selon ses intérêts propres, prirent, parti pour différents fils ou neveux du prince défunt. Ils visitèrent les pays voisins, rompirent des alliances, en forgèrent d'autres, et ces luttes de pouvoir infestèrent toute la région. Pendant seize longues années, les hommes de paille de différentes puissances se succédèrent sur le trône valaque. Le peuple souffrait, les boyards s'appauvrissaient ; il régna même un prince qu'on surnomma « Prasnaglava » : tête vide.

Entretemps vivait à la cour de Sigismond de Luxembourg qui était maintenant à la tête du Saint-Empire romain germanique, un fils du défunt prince Mircée sage et épris de paix dont le nom était Vlad. Ce jeune homme rappelait son vieil allié Mircée à l'empereur Sigismond, qui se prit d'amitié pour lui et le fit membre de l'Ordo Draconis.

À cet ordre du Dragon appartenaient quelques souverains triés sur le volet, les rois de Pologne, de Serbie, de Lituanie et d'Aragon, ainsi que les magnats polonais et hongrois. On y jurait de se porter amitié éternelle et de se prêter mutuellement main forte partout où l'exigeait le service du bien.

Vlad vit ainsi exaucé son rêve d'accéder à la chevalerie. Il prêta solennellement serment à Nuremberg et reçut le médaillon d'or avec le dragon enroulant sa queue autour de son cou, symbole du chaos de la terre dompté par l'humilité. Au-dessus du corps du dragon, l'insigne arborait une croix dont la barre horizontale portait l'inscription : « o, quam misericors est Deus », « Oh que Dieu est miséricordieux » et la verticale : « Justus et pius » : « juste et pieux ».

Lorsque Vlad devint prince de la Valachie grâce à l'habileté diplomatique des frères de son ordre, il fit graver le dragon et la croix sur la monnaie, pour que tout le monde en soit informé dans le pays et au-delà des frontières. Le dragon enroulé avec la croix fut également peint dans les églises qu'il fonda. Et comme le dragon en latin se dit « draco », les Valaques nommèrent leur prince « Dracula ».

Le prince Vlad Dracula, le père du célèbre Dracula (qui hérita de son prénom et du nom de son ordre) est décrit dans les livres d'histoire sous les traits d'un souverain avisé et clément. Ses trois fils Mircée, Vlad et le petit Radu virent leur père vivre selon la devise de l'ordre des dragons : il était pieux, il était juste, et surtout, il était miséricordieux envers le peuple qui lui était confié.

Il voulait préserver la paix par la paix, et il y parvint un temps.

Mais son pays se trouvait situé entre les deux grandes puissances qu'étaient la Hongrie et l'Empire ottoman, lesquelles allaient bientôt se livrer une guerre sans merci.

Lorsque la puissante armée du sultan traversa la Valachie, le prince Vlad se hâta à sa rencontre et demanda clémence pour son peuple. Les paysans, les pâtres et les boyards ne devaient pas être pillés, leurs vies devaient être, à tout prix, épargnées. En échange il offrait de nourrir la troupe et promettait de rester amical à l'égard du sultan.

Il n'entendait pas se mêler de cette guerre, et jura également au nouveau prince de Hongrie fidélité et amitié.

Mais l'amitié avec tous ne plut à aucun des belligérants.

Vlad et ses fils furent fait prisonniers et conduits à la cour du sultan. Le prince valaque fut promis à une exécution exemplaire, son inconstance devant être cruellement châtiée.

Il n'est d'autre voie que celle d'Allah et c'est par leur souverain qu'elle se révèle aux hommes, dit le sultan. Il revenait au souverain de suivre, lui le premier, la voie divine, avec vaillance. Il avait de nombreux fils que, tous, il aimait et choyait, mais la loi ne prévoyant qu'un seul et unique souverain, ce dernier devait être doté d'un pouvoir sans partage. Le sultan avait donc à désigner à sa succession le plus capable de ses fils – et lorsque celui-ci monterait sur le trône, il se devait d'ordonner qu'on tue ses frères.

Ceci ne pouvait aucunement être la volonté de Dieu, objecta Vlad Dracula.

Le sultan fut grandement surpris de cette audacieuse déclaration émise par un homme voué à périr sous peu dans les pires tourments. Et il convia le prince à prendre place sur le divan près de lui et son grand vizir. Ils causèrent tant et plus en buvant du café, s'exprimant en grec comme l'élite cultivée avait alors coutume de le faire. À l'instar de Sigismond des années auparavant, le sultan fut séduit par la fermeté de ce Valaque qui avait visiblement foi en une grâce divine particulière. Le grand vizir, lui, psalmodiait : « Oh, profonde richesse de Dieu, de sa sagesse et de son savoir ! Insondables sont ses décisions, inconnues sont ses voies ! Car qui connaît les pensées du Seigneur ? Celui qui fut son conseiller ? Ou celui qui a donné une chose à Dieu et devra être payé de retour ? Car c'est de Dieu que tout provient et par lui et en lui qu'est toute la création. Qu'il soit honoré dans l'éternité ! Amen. »

Voulait-il voir son palais ? proposa le sultan.

Très volontiers, répondit le prince valaque.

Et le souverain lui montra les jardins, les pavillons, lui fit admirer les chevaux de son écurie, lui montra sa collection d'armes ainsi que celles de Mahomet et des premiers califes, et le conduisit enfin à l'école du palais où des jeunes gens, tous issus des pays soumis, étaient formés aux fonctions de l'État. Car ses fidèles janissaires avaient été jadis des enfants de chrétiens, fruits de sa « récolte annuelle de garçons » dans les Balkans.

Pour finir, le sultan fit venir ses fils et, l'un après l'autre, les présenta au Valaque, le dernier étant Mehmet, celui qu'il avait choisi pour lui succéder à la tête des Ottomans. Et le garçon, qui était plus petit que certains de ses frères, sourit au Valaque. Il avait douze ans et il était confiant, comme tous les enfants aimés.

Avait-il déjà réfléchi au fils qui devrait lui succéder sur le trône, demanda le sultan. Au cas, bien entendu, où il serait gracié, précisa-t-il. L'aîné, dit le prince.

Le sultan hocha pensivement la tête. Puis il décida que le prince serait grâcié, et son fils aîné avec lui. Ils pourraient rentrer en Valaquie dès qu'ils auraient juré fidélité éternelle au sultan. Les deux plus jeunes fils, toutefois, devraient rester dans l'un des palais du roi comme garants de la fidélité de leur père. Il s'agissait de Vlad, alors âgé onze ans, et de son frère Radu qui en avait cinq. Tous deux recevraient l'éducation réservée à l'élite ottomane.

Vlad et Radu prirent donc congé de leur père et restèrent
à la cour du sultan. L'après-midi même, Mehmet se chargea
de leur présenter les autres enfants.

On m'écoutait. Je me souviens d'une femme dans l'auditoire qui ouvrit un flacon de Nivea solaire et, au bruit que
produisit le claquement du couvercle, sursauta comme si elle
était au théâtre.

D'où tenais-je ces histoires, demanda-t-elle, de mes
études ?

D'un peu partout, répondis-je, n'a-t-on pas envie de se
renseigner sur tout ce qui vous concerne. ?

Et qu'était-il ensuite advenu du père de Vlad ?

Il régna encore quelques années, resta loyal aux Hongrois
et, avec son fils Mircée, prêta main forte aux croisés dans leur
lutte contre l'infidèle. Mais lorsque les croisés tirèrent sur les
forteresses turques au bord du Danube, on dit que le prince
Vlad en pleura, car c'était son père qui les avait fait bâtir, et
nulle part au monde il ne pouvait y en avoir d'aussi belles.
Sur quoi les Hongrois le soupçonnèrent de s'être secrètement
allié aux Ottomans et envoyèrent une armée pour le tuer,
lui et son fils Mircée.

Vlad Dracula, le fils qui allait devenir célèbre, avait alors
dix-sept ans. Il pria le sultan de le laisser prendre la succession
de son père sur le trône de la Valachie.

On le laissa partir, mais on ne l'aida pas, lorsqu'il fut, peu
après, détrôné par un homme que lui préféraient les puissants
boyards. Son adversaire avait fait allégeance au sultan et lui
avait versé un tribut élevé. Et le prince vainqueur s'assurait
la faveur des boyards par des dons en argent et des présents.

Ayant fait main basse sur le trésor de la principauté, il pouvait en prodiguer l'argent à loisir.

Vlad était fort affligé de la cupidité de tous ces gens.

Il erra huit ans durant, se rendit d'abord chez le prince de Moldavie, qui fut assassiné peu après, puis, avec son cousin Stefan qui s'était enfui de Moldavie, parcourut la Valachie, avant de gagner la Transylvanie et la cour de Hongrie.

Là, ce paria distingué au maintien raide, mais si valeureux dans les tournois, frappa les esprits. Et l'on s'étonna que ce jeune homme élevé chez le sultan s'indignât maintenant de la chute de Constantinople. À la cour de Hongrie on était tourné vers l'avenir et discutait à présent commerce, flux de marchandises et droits de douanes à la frontière entre la Transylvanie et la Valachie, alors que le jeune Valaque, lui, en revenait toujours à son sujet : Constantinople ! Était-ce donc un chrétien dévot ? Était-il attaché à l'orthodoxie ? Car on savait son frère Radu converti à l'Islam, et aussi qu'il entretenait depuis longtemps des rapports affectueux avec le sultan : on le surnommait « Radu Le Beau ».

Sur ces entrefaites, le roi de Hongrie eut maille à partir avec l'adversaire de Vlad à propos des cols qui donnaient accès à la Valachie. En échange du droit de douane, les Saxons de Transylvanie devaient armer les anciennes forteresses et défendre les frontières hongroises contre les Ottomans. Or le souverain de Valachie qui avait supplanté Vlad s'opposait à ces douanes, et le roi de Hongrie décida alors purement et simplement de le remplacer par un homme de confiance – Vlad Dracula !

C'est ainsi qu'en 1456 Vlad Dracula fut enfin nommé prince de Valachie.

Il avait alors vingt-cinq ans et brûlait d'envie de régner. Il parlait couramment le roumain, le turc, le turc ottoman de l'élite, le grec, le hongrois et savait un peu d'allemand. C'était, de plus, un cavalier chevronné qui maniait habilement toutes les armes de son époque.

— Holy shit !, s'écria la femme au visage luisant de crème solaire, quand je lui tendis le portrait. I'm badass Dracula !

XV

Dracula, l'Empaleur

– He' d become an honest ruler, a tough guy with a strong hand!

Voilà qui trouvait de l'écho dans mon auditoire.

Avec Vlad Dracula devait commencer une ère nouvelle, celle du véritable Dracula. Il se devait de faire honneur à l'Ordre du Dragon – de venir à bout du chaos du monde, à commencer par son propre pays.

Il avait voyagé huit années pendant lesquelles il avait pu observer la situation. Il avait vu la Valachie et les pays voisins, savait comment vivaient les boyards avec leurs paysans et leurs cerfs, les bergers nomades et les commerçants, il connaissait les beuveries, les popes qui prêchaient l'eau et buvaient du vin, il savait l'égoïsme des puissants et des mendiants si importuns sur les marchés, il connaissait les spectacles de marionnettes des troupes itinérantes et le goût du peuple pour la farce.

Il siégeait donc maintenant sur le trône d'une Valachie qui ne se prenait pas plus au sérieux qu'elle ne prenait le trône au sérieux. Avant toute chose, il importait de mettre de l'ordre.

Mes auditeurs hochaient la tête, ça ils connaissaient, c'était pareil chez eux.

Le pays était appauvri, plumé par d'avides boyards qui changeaient de prince selon leur bon plaisir. Rien n'était stable, chaque gouvernement commençant par annuler ce qu'avait fait le précédent. Les projets commerciaux, les alliances, tout était confusion, et les puissants n'avaient qu'une idée en tête : dépouiller leurs sujets. « On ne voit ça que chez nous » disait-on dans le peuple, et bientôt on se dit que voler les voleurs était faire acte de vertu et non pécher. Sur quoi le pays se mit à grouiller de voleurs.

Malheur au voyageur ! À peine était-il descendu de cheval que s'approchaient les voleurs de chevaux, à table il était assailli par les putains rusées et les détrousseurs, et l'aubergiste roublard lui prenait ce qui lui restait. On ne pouvait se fier aux forces de l'ordre, si l'on ne pouvait acheter son bon droit. Les voleurs le savaient, qui étaient d'autant plus impudents. Et le voyageur passait son chemin en maudissant ce pays, poursuivi par une horde de mendiants puants qui miaulaient en exhibant leurs plaies purulentes et les difformités qu'ils s'étaient infligées eux-mêmes.

Un lieu maudit ! Des gens sans colonne vertébrale, sans fierté, sans honneur. Une insulte aux grands princes d'antan, une insulte à cette belle région dont les montagnes regorgeaient d'or et qui détenait des gisements de sel et des champs si fertiles.

Vlad Dracula leur ferait passer à tous le goût de se moquer du monde, définitivement !

Voici donc le jeune homme fort d'un pouvoir encore méconnu et d'une volonté inflexible de servir l'Ordre du

Dragon, grand voïvode et prince, seul et unique souverain de toute la Valachie par la volonté de Dieu !

Être pieux et juste, telle était la règle que lui avait transmise son père. Mais en qui avoir foi ? Les alliés chrétiens eux-mêmes n'étaient pas fiables. La chrétienté n'avait-elle pas détourné les yeux lorsque Constantinople avait été assiégée et détruite ? Mehmet était entré avec la dernière insolence dans l'église Sainte Sophie – à cheval, sans craindre nul châtiment. Où étaient alors les souverains chrétiens ? Hélas, les hommes sont courageux face aux faibles, mais ils ne s'opposent pas aux puissants. Est-ce juste ? Lui, Vlad Dracula, allait maintenant leur montrer ce qu'est la justice !

La justice est le pieu vertical de la croix, qui relie le ciel et la terre. Et lui, Vlad Dracula emploierait toutes ses forces à inscrire ce pieu dans le mitan de son pays. Puisse le monde entier trembler, en l'honneur de Dieu.

J'observai les réactions de mes auditeurs. Hochements de têtes compréhensifs. Tous me suivaient.

Alors ils se hâtèrent de venir lui rendre hommage, les puissants boyards, chacun souhaitant arriver le premier et s'assurer la faveur du souverain. Et le prince Vlad leur fit préparer un festin ; bien que ce fut carême et qu'il s'abstînt donc de manger de la viande.

On mangea, on but et on trinqua gaiement à la santé du nouveau prince. L'atmosphère était joyeuse.

– Combien de princes la Valachie a-t-elle eu avant moi ? demanda le prince Vlad à un moment donné

– Dix-sept ! cria un boyard.

Rires.

– Faux, dit le jeune prince.

– Vingt, cria un autre.

– Tss !

– Trente-deux ! cria un troisième à son tour.

– Vous ne savez rien de notre histoire, s'écria le prince Vlad en riant. Et les boyards de rire avec lui.

Sur quoi le prince Vlad se leva et ordonna qu'on les empale tous. Puis il se fit porter son festin dans la cour et dîna parmi les empalés.

Son page toutefois se bouchait le nez pour se protéger de la puanteur des moribonds. Le prince ordonna alors qu'il soit empalé sur-le-champ, sur un pieu bien haut, afin que la puanteur ne l'atteigne pas.

Comment procédait-on pour empaler les gens, me demanda-t-on, et je fis des croquis pour l'expliquer à mes auditeurs. On graissait la pointe du pieu pour qu'elle glisse bien, on empalait dessus le condamné en position couchée. On utilisait l'orifice naturel, on enfonçait doucement le pieu avec un marteau en prenant garde de ne toucher ni les reins ni le cœur, et on le faisait ressortir par la bouche ou dans le cou, entre la tête et les épaules. Puis le pieu était relevé, pareil à un arbre porteur d'un fruit singulier.

Mes auditeurs ricanaient, photographiaient mes croquis. Ils aimaient ce qui était aberrant, tout sauf l'ennui. On était à hauteur d'yeux avec les empalés, leur disais-je, les pieux n'étant habituellement pas très hauts. Parfois un condamné glissait un peu plus bas, tandis que le vomis jaillissait de sa bouche, ou même des excréments que le pieu faisait remonter.

Je voyais mon récit précipiter les touristes dans une horreur qui, puisqu'elle ne les affectait pas personnellement, débouchait finalement sur une sensation de bien-être.

Et j'ajoutais alors que si Vlad Dracula pouvait paraître aussi sanguinaire, c'est parce qu'on place généralement la vie au-dessus de sa foi et de la morale. Et on me donnait raison, ce qui m'amusait.

Quand le peuple apprit la mort cruelle des boyards rapaces, il s'en réjouit et loua le nouveau souverain.

« Hosanna », criait-t-on sur son passage, quand il franchit à cheval les portes de la ville de Targoviste, et les gens déposèrent des branches de saule et des vêtements devant sa monture.

Il ne voulut pas revêtir le riche manteau des boyards, lui préférant la cotte de mailles, comme Saint-Georges sur les icônes.

Et à peine Vlad était-il devenu prince que les émissaires du sultan vinrent lui rappeler le tribut dont il était redevable. Le prince Vlad les reçut dans la salle du trône, devant toute sa cour, et les pria de se découvrir ; selon la coutume du pays où ils se trouvaient.

Ôter leur turban, ils ne le pouvaient, objectèrent les émissaires. Leur foi, que le prince Vlad connaissait fort bien, le leur interdisait.

– Ah ah, votre foi ! s'écria le prince en riant.

Dans ce cas il fallait s'assurer que leurs turbans étaient bien en place.

Et il ordonna qu'on fixe sur leur tête, à l'aide de trois grands clous, le turban des émissaires ottomans.

Et de nouveau le peuple applaudit à cet acte audacieux.

– Hurrah, s'écria aussi l'un de mes auditeurs.

Sans perdre de temps, le prince Vlad réunit une armée de braves. À ses guerriers il ne pouvait promettre la richesse, mais la gloire et les honneurs. Seuls les braves d'entre les braves devaient se joindre à lui, car dans son armée les lâches ne l'emporteraient pas en paradis. Et de partout affluèrent des soldats, certains s'enrôlaient même à l'âge de quatorze ans et juraient au prince éternelle fidélité.

Tous voulaient voir Vlad le valeureux, et il était exactement comme le disait la rumeur : vêtu modestement, mais aussi droit que le sont les saints sur les icônes, réfléchi dans sa conduite, mais inflexible dans son jugement – tel le légendaire vainqueur du dragon, féroce et juste ! Son regard était ferme, ses gestes assurés, ses ordres émis d'une voix puissante, qui couvrait, disait-on, le vacarme des sabres entrechoqués.

Il veillait personnellement à l'instruction de ses hommes et parlait à chacun d'eux sans distinction de rang. C'était le meilleur cavalier du pays, il savait manier toutes les armes. Et il se montrait un instructeur infatigable.

Dans la bataille ensuite, il brava la mort en se portant en première ligne, perça les rangs ennemis et dégagea à coup de sabres un vaste couloir pour parvenir au commandement en chef des Ottomans.

Sa petite armée l'emporta sur tous les fronts et chassa l'agresseur, disent les livres.

Et partout dans le pays se répandit la nouvelle qu'après chaque bataille le prince Vlad examinait personnellement ses soldats blessés. Ceux qui montraient des blessures au dos, les lâches donc, qui avaient tourné le dos à l'ennemi, il les faisait empaler ; mais les valeureux, ceux qui étaient blessés au visage ou à la poitrine, il les félicitait et les admettait dans son cercle.

Les popes chantaient à l'église la dignité de leur prince.

Quand il se montra au peuple avec sa jeune épousée, une foule de gens se pressa pour le voir. Beaucoup voulaient le toucher comme on touche les reliques d'un saint pour s'attirer sa bénédiction.

« Hosanna », criait le peuple.

Et les nombreux mendiants espéraient récolter des pluies de pièces d'or.

Mais la garde princière repoussa les gens.

Quand le prince l'apprit, il en fut mécontent et dit : « Laissez venir à moi les nécessiteux ! »

Sa garde obtempéra. Et la foule des mendiants en haillons se jeta à ses pieds, de mille bouches édentées s'élevèrent des louanges.

Le prince ordonna qu'on fasse entrer ces gens dans la grande tente de fête et qu'on leur servît le repas de noces.

Lui et sa jeune épouse prirent place à l'extrémité de la table et mangèrent avec eux.

« C'est mon peuple », dit le prince Vlad à son épouse, une aristocrate de Transylvanie qu'il avait épousée sur les instances du roi de Hongrie.

Et la mariée ravala ses larmes et mangea sans lever les yeux sur ces gens hideux.

Pendant ce temps le vin coulait à flot, et les mendiants jubilaient en trinquant à la santé des mariés. On leur souhaitait de nombreux enfants, aussi vaillants que le prince.

Alors le prince Vlad demanda : « Voulez-vous que je vous

ôte tout souci, voulez-vous ne plus manquer de rien et n'avoir plus besoin de rien sur cette terre ? »

Et les mendiants crièrent d'une seule voix : « Oui ! »

Le prince Vlad quitta la tente de mariage avec son épouse et ordonna qu'on y mît le feu.

Et à son épouse et aux dames de la cour qui voyaient tout cela et entendaient les cris, il dit : « Je l'ai fait pour qu'ils ne souffrent plus et n'importunent plus les autres. Personne ne doit plus être pauvre dans mon pays, que tout le monde soit riche. »

La nouvelle de ce fait se répandit elle aussi dans le peuple. Et bien que les gens le craignaient, ils se félicitèrent d'avoir un souverain si audacieux – et aussi qu'on fasse le ménage en Valachie. Leurs descendants auraient une vie meilleure, se disaient-ils. Sans lui toute cette misère aurait perduré des centaines d'années encore, avec tous ces mendiants, tous ces voleurs, ces parasites honteux ! Le prince extirpait le mal à la racine, une fois pour toutes.

La malhonnêteté lui était tellement odieuse qu'il faisait exécuter sur-le-champ, en général par empalement, toute personne qui volait, trompait ou commettait quelque méfait. Et parmi les condamnés nul ne pouvait se racheter si riche fût-il. Il n'y avait qu'une seule et même justice – pour tous.

Et lorsque quelqu'un secouait la tête parmi les touristes qui m'écoutaient, je disais qu'ils n'étaient pas forcés d'écouter. « No hard feelings » s'ils tournaient les talons et partaient, parce qu'elle était brutale et dure à supporter, l'histoire de celui qui regardait le monstre dans les yeux sans faiblir. Il n'est donné qu'à de rares êtres de voir la méchanceté du monde, son abominable souffrance, et de ne pas s'en détourner. Mais le prince Vlad avait, lui, la force incroyable de regarder le monstre droit dans les yeux sans ciller – et bientôt c'est le monstre qui regarda le prince en face. Et qui eut peur.

« Moi, grand voïvode et prince, seul et unique souverain de toute la Valachie par la grâce de Dieu ! »

Avant lui les souverains donnaient des ordres et menaçaient les récalcitrants de mourir en désaccord avec la vierge Marie. Le prince Vlad, lui, commandait et disait, lapidaire : « C'est ainsi et pas autrement ». Et tout le monde s'empressait de lui obéir.

Je contai les batailles valeureuses et les grands exploits de sa petite armée, galvanisant mon auditoire.

Oui, il avait vaincu le dragon, à l'étranger comme dans son pays. Il n'y avait plus un seul voleur en Valachie, les marchands pouvaient à présent voyager paisiblement même la nuit, ils dormaient dans les bois et pouvaient sans inquiétude poser leurs sacs d'argent dehors, car nul n'y touchait. Et le prince fit déposer aux fontaines des gobelets d'or dans lesquels chacun pouvait boire et que personne ne volait.

Le jour où un gobelet disparut, on sut aussitôt : il était arrivé quelque chose au prince !

Le week-end qui précéda le retour de Mamargot, j'étais au cimetière en train de parler de la justice du prince Vlad et du respect que lui vouaient ses sujets, quand Ata passa avec le président du parti – Druga en personne –, accompagné de plusieurs hommes replets en costumes.

Je vis donc Druga de près : il était plus petit que je ne pensais, mais il avait bien une moustache grise, des dents gâtées et il parlait encore sans cesse de « tout ça », « ceci et tout ça. » Il salua notre groupe, ce que, d'ailleurs, Ata et lui furent les seuls à faire.

– Bonjour, dit-il. Nous sommes venus jeter un coup d'œil à tout ça ici.

– Eh, les amis, lança Ata aux touristes, savez-vous bien à qui vous parlez ? Cette dame est de la famille du prince Dracula ! C'est à elle qu'appartient la crypte où se trouve son tombeau. Peut-être pourra-t-elle nous laisser voir s'il est là ou si par hasard le cercueil serait vide ?

Après ce préambule les gens furent tout à sa dévotion, et Druga le gratifia d'une tape à l'épaule.

– Is that true ? demandèrent les gens.

On m'adjura d'ouvrir la crypte.

– Bien, dis-je. Venez !

Pourquoi acceptai-je ? Je l'ignore. Était-ce de la gêne ? De la colère ? Manifestement mes histoires ne leur suffisaient pas, ils étaient insatiables. Eh bien descendez-y tous, puisque vous y tenez, et qu'arrive ce qui doit arriver…

Je priai les gardiens médusés d'ouvrir la crypte.

Ils retroussèrent les manches de leurs chemises blanches, soulevèrent la plaque en gémissant de conserve sous l'effort et la poussèrent de côté.

Quelqu'un prétendit avoir vu de la fumée verte.

On se moqua de cette idée.

De nouveau ce voluptueux frisson de peur.

– On descend, messieurs-dames ! dis-je. À qui l'honneur ?

Je regardai Ata.

Eh bien d'accord, dit-il d'un air malicieux. Il ouvrirait volontiers la marche.

Druga lui tapota l'épaule.

Je vois encore Ata descendre, ses belles mains sur le troisième barreau de l'échelle, ses jambes étaient presque en bas, je vois ses jointures, je sais qu'une brise passe dans les arbres, je l'entends, tout comme l'herbe sèche qui bruisse autour de nous. Puis ce bruit sourd en bas, qui échappa sans doute aux autres. On ne voyait plus Ata, juste le fond de la crypte, de la terre battue.

Les gens s'étaient déjà mis en rang dans l'ordre de descente. Ils formaient un décor plaisant pour Druga et les hommes en complet, qui se photographièrent avec les gardiens en costume national.

– La dame en bermudas, sortez de la photo, s'il vous plaît, on est tout de même dans un cimetière ! Thank you !

Aurais-je des bougies dans la crypte ?

Un de ces hommes replets alla cueillir des fleurs, c'est-à-dire qu'il en préleva sur les autres tombes, dans l'hilarité générale.

Pendant ce temps Druga fumait, un peu à l'écart, avec un des hommes. Le tombeau n'était pas si important par rapport au reste, le parc d'attraction avec le village reconstitué, le château, le train fantôme et tout ça. Mais si on considérait l'ensemble, le tombeau était peut-être important quand même, c'était selon. En tout cas il fallait agir avec plus de détermination, aller de l'avant. On avait déjà les entreprises, les fonctionnaires avaient reçu leur dû, maintenant il voulait des résultats, qu'il se passe quelque chose ici lors du centenaire de la fondation du pays ! Sinon on pouvait faire une croix sur les prochaines élections, et ça signifiait perdre à nouveau la Justice. Et ça, les camarades n'en avaient pas la moindre envie ! Car alors, tout ça ne ferait que recommencer, nom d'un chien !

Il parla en pinçant la bouche, aspira une longue bouffée de sa cigarette et ferma les yeux ; puis il laissa tomber le bras en refermant le poing, comme s'il voulait dissimuler la cigarette.

Enfin il lança le mégot par terre et l'écrasa du pied.

Il fallait qu'il y aille, maintenant.

Un gardien me demanda s'il devait aller voir ce que devenait Ata.

— Tss !

— Camarade, il faut qu'on y aille ! cria un homme du parti dans la tombe.

Druga dit : « Servus », il se croyait sans doute en Transylvanie où l'on salue les gens comme ça, et quitta les lieux avec les hommes.

Il ne resta plus que celui qui avait appelé Ata, il cria de nouveau dans la crypte :

— Camarade Ata, viens, s'il-te-plaît, les autres sont déjà partis.

Il n'obtint pas de réponse.

— C'est très vaste, là-dessous ? s'enquit-il auprès de moi.

— Tss ! Pas très.

Nous attendîmes.

Les gens dans la queue oscillaient entre l'inquiétude et les rires que leur inspirait leur propre inquiétude.

— Are you okay, mate ?

On dressa l'oreille.

Pas de réponse.

Un gardien dit qu'il fallait aller voir, le pauvre bougre avait peut-être perdu connaissance.

Je le priai de ne pas descendre.

Je nous revois encore en train d'attendre, les gardiens raides comme la justice, les bras croisés sur la poitrine.

Ata était-il du genre plaisantin, me demandèrent-ils. En fin de compte ils avaient à surveiller les lieux, oui ou non ?

— Remonte maintenant, Ata, criai-je, ou on referme la crypte et on te laisse dedans !

J'accélérai les choses en clignant des yeux jusqu'à ce que je voie la tête d'Ata surgir dans l'ouverture de la tombe, avec ses cheveux passés au gel, il remontait lentement, en chancelant.

Quand il arriva en haut, tout le monde le dévisagea pour voir s'il était pâle.

Ata cligna les yeux à la clarté du dehors.

— Ne descendez pas, dit-il, assez hébété. Il y avait ce gaz vert et cette puanteur, c'était sûrement malsain.

Pendant ce temps les gardiens remettaient la plaque en place. Était-ce malsain aussi de monter la garde devant la crypte ?

— Non, dis-je, il n'y a aucun problème. Ata voulait juste faire l'intéressant pour les touristes.

Les gardiens hochèrent la tête, tandis qu'Ata s'éloignait rapidement. Les gens l'imitèrent. Les gardiens, eux, restèrent sur place, non sans se faire du souci pour leur santé.

C'était sans doute ce lien du sang, me dis-je, qui résistait au temps et me faisait prendre part à des évènements que je n'avais jamais vécus moi-même. Car je pouvais rendre le souvenir présent. Je ne me demandais pas si, en l'occurrence, cette faculté ne correspondait pas plutôt à de la compassion ou à une sorte de voyeurisme a posteriori.

Et en me remémorant, je ne m'attristais pas non plus sur

ma propre personne et son caractère éphémère, car j'étais en train d'acquérir le détachement des braves. Et je voyais le détachement dans l'équilibre des couleurs que je pouvais restaurer, même en bas, dans la cave de la maison, sous l'ampoule électrique nue qui pendait du plafond. Mon bras avait de la routine, et je me souvenais des proportions, que je soulignais aussi par la couleur : le visage étroit, encadré de cheveux sombres, le teint pâle, l'arc des sourcils qui se rejoignaient à la racine du nez, le cou sur lequel s'ouvrait le col. Je me peignis aussi un manteau de velours rouge avec des gros boutons d'or sur la poitrine.

Je travaillais debout, sous l'ampoule qui grésillait et vers laquelle montait la poussière, au milieu des objets poussiéreux que je pensais jetés depuis longtemps – les meubles encombrants de l'époque communiste, avec, à côté, dessus et tout autour, les animaux empaillés, les toiles cirées, les macramés, les tapisseries murales, les rideaux, les fanions à longues franges, les cendriers en plexiglas multicolores, les petites corbeilles tressées avec des oranges en plastique, des verres à moutarde, divers radiateurs souffleurs, des vases en bois laqué avec des roses en plastique, des lampes en verre opale. Tout était encore là, en l'absence d'enlèvement des ordures ménagères à B. – les tapis roulés en fibres synthétiques, l'armoire vitrée avec ses petites portes coulissantes pour les bibelots, une Cendrillon grise de poussière avec une seule pantoufle, la huppe, les deux polissons en train de se bagarrer, le coq et la poule, le cheval couleur d'essence et même le pêcheur avec sa perche de verre au bout de son fil mince. Tout ce que j'avais aperçu furtivement jadis, peut-être en l'enlevant, était là de nouveau et m'entourait, pendant que, d'une main sûre, avec détermination, je peignais mon autoportrait, sans miroir.

Je peignais avec une assurance que je n'avais encore jamais éprouvée, comme si je suivais des lignes prédéfinies. Ma main glissait, blanche, sur le chevalet, comme étrangère, si ce n'est qu'elle se mouvait avec mon assentiment. Jamais encore je n'avais été aussi sûre de mon art, de sa signification sans équivoque.

Quand j'eus fini, je me dirigeai vers l'armoire à la clé de laquelle pendait une breloque à pompon rouge-jaune-vert.

J'ouvris l'armoire et trouvai bien un miroir à l'intérieur d'une des portes.

Sa lumière, un parallélépipède tremblotant, effleurait tout ce bazar et m'éblouissait. Je jetai un coup d'œil au chevalet, puis tout de même au miroir, pour voir si le portrait était ressemblant.

Et aussitôt je poussai un cri, ma frayeur fut telle que je tombai par terre.

Quelle horreur !

C'était comme si, brusquement, j'étais seule, à des lieues de toute chose.

Et pourtant, je n'étais déjà plus là.

De l'état de parfaite assurance j'étais tombée dans celui de parfaite inconsistance.

Je me hissai péniblement à la hauteur du miroir et me regardai dedans une nouvelle fois. Mais j'avais bien vu : une accumulation de bibelots, huppe, lièvre et un ivrogne brandissant une bouteille. C'était bien ce bazar-là derrière moi. Et dans la lumière, encore cette poussière étincelante. Mais moi, le miroir ne me montrait pas ! Même quand je reculai et levai le lièvre, la huppe et l'ivrogne. Ils étaient suspendus en l'air de manière incompréhensible, oscillant de ci de là, comme s'ils pouvaient voler.

Je les laissais se fracasser par terre et revins au miroir, par la droite cette fois, l'ampoule électrique dans le dos.

Je vis l'ampoule, mais dans le miroir il n'y avait pas une ombre, pourtant j'étais exactement entre l'ampoule et le miroir.

Le monde que je connaissais se dérobait à moi, alors que j'étais encore là.

Mais qui étais-je ? J'allai voir l'autoportrait sur le chevalet et l'examinai attentivement.

C'était l'image même du prince Vlad l'Empaleur !

Mais elle n'était plus de trois quarts, elle était de face, elle me regardait, droit dans les yeux.

XVI

L'offensive nocturne

Leur peur était palpable et je m'excusai – mon intention n'était pas de les effrayer.

– Non, non, se défendirent-ils, il n'y avait pas de mal.

Ils frottaient leurs mains calleuses et se balançaient d'une jambe sur l'autre pour compenser l'immobilité dans laquelle ils s'étaient figés.

Je les avais surpris au moment du changement d'équipe, ils étaient encore en train de causer ; ils ne fumaient pas, ne buvaient pas non plus. Tous quatre étaient de bonne moralité transylvanienne, presque allemands.

– Nous sommes ici devant le tombeau du prince Vlad Dracula, déclarai-je. Et Dieu vous a choisis pour le servir.

Ils s'étaient remis au garde-à-vous, le clair de lune effleurait leur cou de taureau et brillait sous leurs aisselles.

– Attendez ici, ordonnai-je.

J'écartai sans peine la tombale, ç'aurait pu être une couverture de plume, et me laissai glisser le long de l'échelle jusqu'au fond de la crypte.

Une fois au sol, j'avançai sans voir si j'allais droit devant, si je descendais dans un gouffre ou même si je marchais sur la dalle d'une autre tombe.

Mes longs cheveux noirs pendaient – la seule tension de mon corps sans pesanteur. Puis je saisis quelque chose de ferme sous ma paume, des blocs de pierre et des cailloux, des mottes, des racines, pareilles à des bras sinueux ou aussi fines que des cheveux.

Je suivais une lueur au loin avec la pugnacité et l'audace d'une jeune guerrière. Elle semblait toute proche mais elle ne l'était pas, puis s'éleva cette odeur douçâtre d'encens, accompagnée de grondements et de soupirs, mais je n'étais pas encore arrivée au but et poursuivis hardiment ma progression.

Étais-je sans peur ? Je crois que oui.

J'étais morte et bien morte, pourtant une force continuait de me propulser. Et puis soudain ce bruit devant moi, comme un tintement de pièces ; je tendis les deux mains et touchai sa cote de maille. Tiède et humide ! J'y enfonçai mes doigts, profondément.

Ai-je dit quelque chose ? Ou a-t-il dit quelque chose ? je n'en ai pas le souvenir, je me souviens juste que je compris tout.

Tous ils l'avaient trahi – son père qui l'avait laissé en otage chez le sultan avec son petit frère et n'était jamais revenu, Mehmet, le fils du sultan, qui se disait son ami et l'avait pourtant trahi, son petit frère Radu qui avait ardemment épousé la foi des musulmans et bientôt combattu dans les rangs des Ottomans, précisément contre lui... Partout cette funeste ambition et la soif d'argent et de pouvoir. Mais ça le rendait fort ; plus le mal qu'on lui infligeait était grand, plus Dieu lui prêtait force. Sans répit il combattrait ce mal, jusqu'à la fin des temps.

Autour de lui nulle foi en la justice suprême, nulle trace d'honneur, rien qu'avidité et bassesse. Chez les boyards, les gens de sa suite, les princes voisins, chez ses cousins comme dans le peuple. Partout des hommes sans colonne vertébrale, qu'il lui fallait redresser – par le pal !

Et quand, après l'avoir poignardé dans le dos – ses propres hommes – ils le relevèrent hypocritement et le tinrent dans leurs bras, il leur dit en leur crachant du sang au visage que ce n'était pas fini. Dieu lui en soit témoin, il reviendrait, et poursuivrait ce combat.

Nous étions ainsi étendus, moi sur lui ou lui sur moi, et je demandai si j'aurais dû venir dans les souliers verts, ceux d'Ecaterina Fronius Siegel, sa bien-aimée. Il rit de son rire caverneux, presque un grondement, et je dis : « Viens rejoindre ton maître, Ecaterina ! Dehors c'est la guerre, et je dois y aller. » Je tripotai sa cote de maille et léchai ses doigts entre les bagues. « Viens rejoindre ton maître ! » et je me hissai à sa hauteur, empoignai sa chevelure rêche et l'embrassai sur le visage, à côté du nez, sur l'épaisse moustache et sur la bouche, ses lèvres charnues, ses dents, de nouveau les lèvres, que je mordis jusqu'au sang.

Nous nous étreignions tant bien que mal, nous contorsionnant le long du corridor, le passage étant de plus en plus étroit, dedans une terre sableuse, ruisselante. Et nous nous heurtions aux parois de la tranchée qui résonnait sourdement et m'écorchait comme sa cote de maille, me râpait les omoplates et la joue, le genou et les poings, les seins et le ventre, tandis que tintait autour de nous comme une pluie de pièces.

« Assez ! », m'écriai-je enfin. « Assez ! », et je le repoussai. « Assez, très Cher ! Je m'en vais à la guerre. »

Progressant à quatre pattes, puis, finalement debout, le dos droit comme un i, je me dirigeai vers le halo de lumière pâle de l'ouverture et sortis.

Les quatre gardiens étaient là, et je lus dans leurs yeux la déférence des guerriers envers leur chef. À mon signe ils m'emboîtèrent le pas sans un mot, descendirent à ma suite la colline, franchirent les clôtures, les fourrés, l'herbe haute, des fermes abandonnées, jusqu'à la vieille Dacia où, dans la journée, on vendait des rafraîchissements et des bretzels.

C'est la Dacia qui brûla en premier. Un feu haut et clair, avec une fumée noire ; puis la boutique de souvenirs, avec des langues de feu orangées, et dedans les bouteilles qui explosaient en lançant des éclairs blancs.

Les grues s'effondrèrent à grand vacarme sur les baraques de bois pleines d'outils, il y eut des salves d'étincelles sifflantes, et le feu se propagea dans les fourrés jusqu'au tout terrain de Sabin qui fusa dans le ciel tel une énorme boule de feu.

B. fut plongée dans une clarté diurne.

Courbés sous la chaleur du feu, les gens couraient dans toutes les directions, en tenant des bouts de vêtements devant leur nez et leur bouche. Ils remplissaient aux puits des arrosoirs et de pleins seaux qu'ils lançaient sur les maisons.

Alors que le grondement du feu recouvrait B., j'entendis un chant étrange. C'était l'alouette Lulu.

En haut sur la colline les quatre étages de la mairie brûlaient, y compris les toilettes mobiles installées devant. Le feu mit rapidement à nu l'intérieur du bâtiment et son mobilier mastoc, avant que les poutres ne s'effondrent dans un grand chuintement de braises.

Quand Sabin arriva un peu plus tard avec les camarades du parti et Ata, que suivait, roulant au pas, la petite voiture de police du village voisin, l'incendie n'était plus maîtrisable. Seules les maisons habitées n'avaient pas pris feu. Avec mademoiselle Sanda, les quelques paysans et une poignée de touristes, nous avions fait la chaîne entre les maisons et les puits.

Les voitures de pompiers n'avaient pas accès à l'incendie, les chemins étaient trop étroits ; personne n'avait vu le départ du feu, mais l'inspecteur de police en identifia immédiatement la cause : incendie criminel.

« C'était un incendie criminel », m'empressai-je de dire aux touristes. Et : « A war will come ! » Le mieux était de quitter les lieux sur-le-champ.

XVII

Ex ossibus ultor

L'après-midi où nous attendions Mamargot, cela faisait deux jours qu'il pleuvait. Les restes de cendres avaient disparu sous les rigoles gris noir et la fumée s'était en grande partie dissipée, elle n'irritait pratiquement plus les yeux.

La maison sentait la peau d'aubergine brûlée, les toasts et le poivron mariné – les choses simples que Mamargot appréciait avec le Champagne. Entre les pièces les portes étaient grand-ouvertes et toutes les lumières allumées : dans le salon, la partie privée de la maison, chez les invités, dans les couloirs et dans la cuisine. Une suite ininterrompue de lumières qui, pour d'inexplicables raisons me fendait le cœur.

Vêtue d'un kimono de velours rouge, je parcourus la maison pour vérifier si tout était bien à sa place, les meubles, les icônes, les tapis, si rien n'avait été bougé. J'entendis le crissement et le craquement familiers du parquet défectueux, et un grondement s'éleva, juste sous mes pieds.

« *Adieu notre petite table**... »

J'avais l'impression d'entendre l'aria de loin, comme si elle provenait du gramophone du père de Mamargot.

Comment était-ce possible, qui aurait bien pu mettre un disque maintenant ? J'allai voir, effectivement l'appareil était en train de tourner. Je m'emparai de la pochette et l'examinai ; ça faisait longtemps qu'on n'avait pas mis ce vieux disque usé d'Haricléa Darclée.

« Adieu notre petite table…/qui nous réunit si souvent* ! »

Sur le disque était collée une photo jaunie d'Haricléa, le « rossignol des Carpates », la chanteuse aux grands yeux, qui levait la tête en souriant, comme étourdie par le tournoiement d'un manège en plein élan. Elle se tenait des deux mains à une table, et tournait, tournait, tournait.

« Adieu notre petite table*… » Au son de sa voix on aurait dit qu'elle se moquait de cet adieu, qu'elle était impatiente de l'accomplir enfin ; et avec ça son visage qui tournait à toute vitesse. Son chignon qui paraissait vouloir se défaire dans le tourbillon, restait pourtant en place.

Très bien, Mamargot serait donc accueillie en musique !

Je soulevai le bras du tourne-disque et posai l'aiguille quelques sillons plus près du centre, peu avant la célèbre aria d'Haricléa *« Vissi d'arte, vissi d'amore »*.

Dans mon enfance déjà, c'était notre air préféré à Mamargot et moi. J'avais fait d'innombrables dessins de Tosca en pleine complainte – courbée en deux, se tordant les mains à cause de l'impuissance de son art sur le monde, je croquais aussi Scarpa, le chef de la police qui torture son amant, insensible à l'aria de Tosca. « J'ai vécu pour mon art, j'ai vécu pour l'amour… À l'heure du deuil pourquoi, pourquoi, ô Seigneur, pourquoi me récompenses-tu ainsi ? »

L'art pouvait fort bien sauver le monde, m'avait alors dit

Mamargot. Qui, en effet, n'aurait été ému et transformé par cet air ? Sinon une brute épaisse comme Scarpia.

À peine étais-je ressortie de la pièce que j'entendis, et comme si on avait augmenté le volume : « *Adieu notre petite table**... »

Quelqu'un avait touché au bras de lecture.

En un clin d'œil j'étais revenue devant le tourne-disques.

Il n'y avait personne.

Je soulevai le bras et le ramenai au centre du disque pour arrêter l'appareil, puis le plaçai en position de repos et le calai dans son support. Le bras de lecture me parut étrangement lourd, peu maniable, irrésistiblement s'imposait à moi la vision d'un bras mort que j'actionnerais pour faire faire un signe de croix au récent défunt.

Du coup je me signai moi-même.

Où es-tu, toi qui défies Dieu ? Montre-toi !

Je regardai autour de moi ; épiant quelque mouvement.

Je dressai l'oreille.

Le grondement venait de l'extérieur, un grondement continu.

De la cuisine me parvenait le claquement rapide du couteau sur la planche à découper.

Un coup de vent, et le bruit cinglant de la pluie contre les vitres.

Mais ce n'était pas ça.

C'était beaucoup plus proche...

Autour de moi.

Je le sentais sur ma peau, un tiraillement : l'agitation contenue des choses figées.

J'enregistrai un tressaillement dans mes yeux, encore plus dans la pièce.

Elle !

Oui, elle !

– Mademoiselle Sanda, criai-je d'une voix aigüe. Pouvez-vous venir, je vous prie !

– J'arrive, cria-t-elle, j'arrive !

Elle avait un torchon à carreaux à la main et sentait l'ail.

– C'est vous qui avez mis de la musique ?

– Non, dit-elle. Pourquoi ?

– Parce que le tourne-disque marchait. »

Mademoiselle Sanda me dévisagea.

– Je n'ai jamais touché ce tourne-disque de ma vie.

– C'est bon, dis-je. Voulez-vous que je nous mette quelque chose ? Vous avez une préférence ?

Elle haussa les épaules.

– Mettez ce que vous voulez.

– Cela vous est égal ?

– Ça ne m'est pas égal, dit-elle. J'ai envie d'entendre ce que vous voulez entendre.

J'eus l'impression que mademoiselle Sanda ne parlait pas comme d'habitude. Mais peut-être aussi ne l'avais-je jamais vraiment écoutée.

– C'est bon, dis-je en posant le disque d'Haricléa Darclée sur la pile. Je n'ai pas envie de musique.

Mademoiselle Sanda haussa les épaules et regagna la cuisine. Je la suivis du regard et restai au salon.

À peine avais-je atteint le piano que l'aria retentit de nouveau : « Adieu, notre petite table… » Et je vis aussi l'autre chose. J'appelai mademoiselle Sanda, qui ressortit de la cuisine, toujours avec le torchon à carreaux.

– C'était vous ?

Je désignai les coquelicots dans le vase. Était-ce elle qui avait posé les coquelicots sur le piano ?

– Eh bien c'est moi qui les ai mis là, oui, dit-elle. Qui ça pourrait être d'autre !

Les coquelicots étaient placés exactement devant le tableau aux coquelicots, on aurait dit que le tableau était un miroir.

– Ça vous plaît ? demanda-t-elle d'un ton sec.

Je ne lui répondis pas.

Nous restâmes un long moment devant les deux vases de coquelicots, caressées par cette musique aux sons indéniablement moqueurs. Adieu ! Adieu ! Adieu ! Adieu !

Sans bouger un cil, j'attendais que mademoiselle Sanda s'en aille ou ajoute quelque chose. Mais elle restait tout aussi impassible à mes côtés, les yeux fixés dans la même direction.

– Oui, finis-je par dire. C'est bien.

Lentement elle se tourna vers moi et me regarda franchement dans les yeux. Et pour la première fois, je la vis sourire, un sourire qui déformait tout son visage.

– Je le savais, dit-elle.

Je soutins son regard en souriant moi aussi.

– Eh bien, dis-je, descendons !

Nous descendîmes l'escalier, cet escalier que je connaissais si bien, et je me tins d'une main ferme à la balustrade, comme je le faisais toujours.

J'avais entendu les voitures bien avant qu'elles n'obliquent dans la rue. À présent la lumière de leurs phares filtrait à travers les lattes de la clôture.

J'abritais mademoiselle Sanda sous le parapluie, tandis

qu'elle ouvrait les battants du portail. C'était Mamargot avec Yunus, Geo, Ninel et les Tudoran.

— Enfin de retour au paradis, s'écria Mamargot qui fut la première à m'embrasser.

Je regardai son visage : son œil était guéri.

Enfin, enfin te revoilà, Mamargot ! »

Puis je me prêtais à l'étreinte de tous, y compris Yunus dont l'after shave aux effluves entêtantes de pomme et de vétiver obsédait mes narines. Et je m'entendis dire – comme si, pour une raison encore mystérieuse, il me fallait répéter cette phrase de jadis :

— Vous nous avez manqué. Je pensais que vous nous aviez oubliés.

— Mais non, mais non, s'écria Mamargot en me donnant son manteau. Comment aurait-il pu nous oublier ?

Yunus avec sa frange noire si démodée retint mes mains en souriant, ravi.

— Un verre d'eau Johnny ? demandai-je.

— Laisse-le d'abord ôter son manteau.

Les invités se hâtèrent de rentrer à l'intérieur.

À la cuisine un bouchon sauta, et au piano retentit la Marche Turque de Mozart.

Geo jouait en gesticulant, écrasant la pédale, tandis que madame Tudoran ponctuait chaque phrase d'un cri de joie.

— J'aime les orages, les éclairs, le tonnerre, s'écria Mamargot.

— Moi aussi ! s'écria Ninel.

— Moi aussi ! renchérit madame Tudoran d'une voix aigüe.

— Moi aussi ! lança Yunus dans ma direction.

Mamargot demanda à mademoiselle Sanda d'ouvrir les

fenêtres, pour qu'on entende la pluie et d'apporter des écharpes pour nous protéger des courants d'air à table.

— Un kimono superbe, dit Mamargot avant de me mettre l'écharpe sur les épaules.

— Cette noble pâleur lui va à ravir, s'écria madame Tudoran de sa voix aigüe.

— Mais elle a besoin de prendre le soleil, estima Ninel. Et de se remplumer !

— Ergo bibamus ! lança bien fort Geo, et tout le monde rit.

Mademoiselle Sanda nous tendit le plateau avec les verres de Champagne.

— Prosit ! s'écria madame Tudoran.

— Gaudeamus igitur ! s'écria Yunus, et tout le monde rit.

— Praesente medico nihil nocet ! lança Mamargot en direction de Yunus, et l'on rit de plus belle.

Ils burent et se firent resservir, tandis que les rideaux se soulevaient presque jusqu'à nous, avant de s'abaisser de nouveau.

La salade d'aubergines fut très appréciée, les nombreuses mains se croisaient au-dessus de la table pour atteindre les toasts, la salade de tomates à l'ail, les poivrons marinés et le poivre.

— Bois ! m'exhortaient-ils. Mange !

Et Geo passa avec le vin rouge en clamant :

— In vino veritas !

Puis Monsieur Tudoran prit, lui aussi, la parole :

— In hoc signo vinces.

Et sa femme aussitôt le rabroua :

— Je t'en prie, ne blasphème pas à table !

— Mais ce n'est pas un blasphème…

– Je t'en prie !

– In vino veritas ! répéta Geo.

Sur quoi Yunus dit :

– Gaudeamus igitur !

Geo fit alors tinter le manche de sa cuiller contre le cristal de son verre pour obtenir le silence, puis il se leva en proclamant solennellement :

– Qui bibit, dormit ; qui dormit, non peccat ; qui non peccat, sanctus est !

Madame Tudoran poussa un cri de joie, et les autres s'écrièrent : « Oui ! », « Exactement ! » en applaudissant bien fort.

Mamargot me jeta un regard que surprit Ninel, car elle dit :

– Qui tacet, consentire videtur !

Tout le monde rit en se faisant resservir du Champagne, tandis qu'un coup de tonnerre incroyablement fort faisait tinter les vitres et même les verres levés.

– Ex ossibus ultor, dis-je.

Et ils se tournèrent tous vers moi.

– Ultor ? demanda Geo.

– Mars Ultor ! expliqua monsieur Tudoran. Iniuriarum !

La compagnie hocha la tête, assez perplexe.

– Voilà bien les enfants du communisme, dit monsieur Tudoran. Ils n'ont rien lu, même pas George Cosbuc !

– Je t'en prie, le rabroua sa femme.

– Mais c'est exact, dit Geo. Nous sommes vraiment des enfants du communisme.

– Expliquez ! demanda Ninel

– Exoriare aliquis nostris ex ossibus ultor ! déclama monsieur Tudoran.

– Ah ?, s'écria Mamargot, ravie. Dracula !

– Bravo ! lança madame Tudoran en battant des mains.

Et Geo chanta le poème de George Cosbuc du prince implacable qui fut tué et enterré, et son souvenir maudit par les puissants désormais libres de continuer à pêcher. Mais par temps d'orage un éclair blanc désigne le tombeau oublié, qui s'ouvrirait bientôt.

Et tous de rire en levant leur verre.

– À Dracula ! clamèrent-ils.

– À Dracula !

Puis ils me racontèrent ce que je n'avais pu apprendre, isolée ici comme je l'étais, et qu'ils avaient gardé pour la bonne bouche à mon intention : la fin de l'histoire du Dracula-Park.

Ils me rapportèrent les révélations des médias, tout ce que les journaux avaient écrit, ce qu'on avait pu voir à la télévision, qui avait rencontré qui dans les talkshows et qui on avait fait intervenir en duplex, et eux-mêmes parlaient à table de plus en plus fort, se coupaient la parole en riant, donnaient raison à Margot ou se mettaient en boîte réciproquement.

Les incendies de B. avaient fait la une des médias. Le gouvernement accusait littéralement l'opposition d'avoir mis le feu. L'opposition accusait le gouvernement d'avoir mis le feu – littéralement comme au sens figuré du terme. Ils avaient commencé par salir le plus valeureux des princes valaques en faisant de lui un personnage grandguignolesque digne d'un roman de gare américain, puis ils avaient fondé une SARL Dracula dont ils avaient détourné l'argent, et maintenant ils avaient mis le feu à leur propre cabane pour déclarer d'immenses pertes là où l'on n'en déplorait aucune, afin d'encaisser encore plus l'argent par le biais des assurances.

Et Madame Tudoran approuva bruyamment :

— Exactement !

Et son mari dit :

— Auri sacra fames !

Et ils voulaient détruire la forêt pour installer leur kermesse aux vampires, une entreprise dont la firme autrichienne Schweighofer était partie prenante. Et dire que ces Autrichiens étaient encore là, après tous ces scandales et tous ces procès !

— Des requins !

— Des vampires !

C'était incroyable, ajouta Margot.

Plus d'un quart de la forêt des Carpates était victime de coupes illégales, et le tribunal de Bucarest avait enfin établi la complicité de Schweighofer dans ces coupes et ce commerce voyou. Le tout après des années de tergiversations, d'appels de Greenpeace et de WWF, d'innombrables actions de l'association « Sauvons la forêt », des manifestations place de l'Université à Bucarest, et même plusieurs interventions du prince Charles qui aimait tant les Carpates. Mais les Schweighofer qui dépensaient des fortunes en communication s'étaient défendu dans les médias européens d'avoir jamais enfreint le droit : ce n'était tout de même pas leur faute si les politiciens roumains étaient corrompus, les lois si floues et les gens prêts à défricher leurs propres forêts. D'ailleurs, affirmaient-ils, ils n'avaient jamais vu de panneaux avec l'inscription « parc national » !

— Ils n'ont pas tout à fait tort !

– Ne dis pas de sottises, mon cher !

– Comme on fait son lit…

– N'importe quoi, ce sont des crapules !

C'est alors qu'étaient survenues les révélations concernant le projet de Dracula-Park et les pots de vins que les gens de Schweighofer proposaient pour les coupes à B.

Sur quoi ces derniers avaient enfin battu piteusement en retraite, et transféré vers le Nord, en Ukraine, leur entreprise de défrichage illégal.

– Des gens sans honneur !

– Exactement !

– Ils méritent le fouet ! jugea Geo.

– On n'en viendra pas à bout autrement ! renchérit madame Tudoran.

– Carpe noctem, dis-je

Madame Tudoran me regarda, décontenancée.

– Corruptio optimi pessima !, dit son mari.

Et madame Tudoran se tourna vers lui, agacée.

– C'est assez, mon cher !

Le projet d'un Dracula-Park était à présent définitivement enterré. On ne le construirait ni à B. ni ailleurs.

Je me souviens avec une acuité extrême de mon assiette à bordure dorée avec deux épées croisées et le nombre 164, que j'enregistrai d'un coup d'œil.

– Le projet est-il bien définitivement enterré ? m'enquis-je avec une feinte vivacité.

Oui, le projet était à présent définitivement enterré, répéta madame Tudoran. On ne construirait le parc ni à B. ni ailleurs.

Il s'ensuivit un échange sur les vampires ; les vampires

n'avaient rien de roumain, c'était une invention étrangère, ils n'existaient pas dans la tradition locale.

Dans l'émission *Bucharest, the day after,* le professeur Irmicescu avait exposé la genèse du *Dracula* de Bram Stoker. Au XIXe siècle – la reine Victoria venait d'être couronnée impératrice des Indes – Stoker s'était proposé d'écrire une histoire à frémir sur un personnage diabolique, issu de contrées lointaines, qui se serait promis de détruire la Grande-Bretagne. L'ennemi devait habiter de sombres forêts, et Stoker avait d'abord pensé à celles de la Styrie autrichienne. Ce qui aurait assez bien cadré avec notre histoire, dixit le modérateur de l'émission, où les esprits malins venaient précisément d'Autriche, à savoir cette entreprise Schweighofer qui effectuait avec la complicité du gouvernement des défrichements dans la zone protégée du parc national. Mais un professeur hongrois qu'avait rencontré Stoker lui avait parlé de la *Cosmographia* du savant de la Renaissance Sebastian Münster. C'était une somme qui rassemblait toutes les connaissances de l'époque et pour laquelle le savant avait lancé un appel à contributions dans toutes les parties connues du monde. C'est ainsi qu'il avait, entre autres, reçu de la Saxe transylvanienne ces libelles sur Vlad L'Empaleur, d'horribles récits sur le prince valaque dont le protectionnisme interdisait aux Saxons de faire du commerce de détail dans son pays – ils n'étaient autorisés à vendre qu'*en gros,* à la frontière, aux commerçants valaques. Et ces mêmes Saxons s'affligeaient fort de voir un prince absolument rétif aux pots de vins, appliquer strictement ses lois et les faire empaler à la moindre infraction.

– Bien fait ! commenta madame Tudoran.

Et Geo de déclamer :

— Ah, Empaleur ! Prince ! Que ne reviens-tu ! / Juger d'une main de fer.

Le protestant irlandais Stoker avait eu vent de Vlad Dracula par les Saxons transylvaniens qui le dépeignaient comme un homme sanguinaire, il le pensait issu de Transylvanie, un haut personnage, un comte peut-être, et croyait que le dragon de son nom renvoyait à sa nature diabolique : le héros idéal pour une histoire d'horreur. Alors qu'en réalité il n'avait fait que vouloir être radicalement juste. « Dura lex, sed lex ! » Mais voilà qu'aujourd'hui le chaos régnait dans le pays…

— Sait-on enfin qui a tué Traian ? demandai-je.

— Pardon, qui ? demanda Mamargot.

— L'homme sur notre tombe.

— Non. Mais vous entendez la musique, là dehors ?

Oui, ils l'entendaient, interrompue par le tonnerre.

Ils se levèrent et allèrent écouter à la fenêtre, réduits au silence par la tempête qui mugissait.

XVIII

Allah, aie pitié d'elle !

À droite de l'entrée dans le pronaos se trouvait une repro-
duction de Marie l'Égyptienne, les cheveux en désordre,
vêtue d'une large cape ouverte qui dévoilait sa poitrine efflan-
quée ; dans sa main elle tenait un papyrus où on lisait :
« Le Royaume de Dieu n'est pas le manger et le boire, mais
la justice, la paix et la joie dans l'Esprit Saint. » J'esquissai
devant elle un grand signe de croix, du front au nombril et
de l'épaule droite à la gauche.

Une force invisible retint Marie l'Égyptienne à l'entrée de
l'église à Jérusalem, et ce n'est qu'après avoir prié, promis
de renoncer à la prostitution et juré d'aller là où Dieu se
plairait à l'envoyer qu'elle réussit à pénétrer dans l'église et
à s'approcher de la croix.

Mais moi nulle force ne me retint, et j'entrai dans notre
petite église avec l'agréable sentiment d'être reconnue. Car,
d'emblée, je m'étais donnée toute à la puissance qui m'y
autorisait.

Le doux parfum de l'encens m'enveloppa, dans l'autel
retentit l'enregistrement d'un chœur byzantin. Je me signai

et baisai l'icône du Christ Pantocrator à deux visages, avec, à mes côtés, Yunus, un peu raide mais au moins pas les mains dans les poches.

Depuis son arrivée il me suivait comme mon ombre, en me prodiguant de temps en temps des conseils d'ordre médical – prendre l'air, me donner du mouvement, manger davantage de choses vitaminées –, car j'avais un air pâlichon et les yeux fiévreux. J'acceptais qu'il m'accompagne, me demandant si ce n'était pas Mamargot qui l'en aurait chargé.

Un très beau lieu, cette église, dit-il. De si belles fresques, et ces magnifiques icônes serties d'argent ! Il aimait les églises roumaines, elles étaient uniques en leur genre.

Je lui fis signe de se taire et pénétrai dans le naos. Et c'est là que cela m'arriva. J'eus l'impression d'être saisie d'un tremblement paroxystique qui m'expulsait hors de mon corps, dont les contours se seraient dissipés et que je réintégrai ensuite dans une sorte de sautillement tremblé. En fond sonore continu, la litanie des chérubins « Les soucis, les soucis de ce monde, déposons-les. » – chantée avec une lenteur éprouvante, en étirant les mots et les sons, que je voyais écrits autour de moi.

Mais ces martyrs, entendis-je dire Yunus du pronaos, est-ce qu'on les regarde seulement ?

Décapités, noyés, poignardés, dépecés, brûlés et enterrés vifs.

Avais-je vu ceci, demanda-t-il encore :

– Regarde.

Un carnage haut en couleur, peint avec tant d'art.

Victimes et bourreaux tous aussi magnifiquement vêtus de bleu, de rouge et d'or.

Quelle débauche de couleurs !

– Et ces fontaines de sang ! dit-il en riant.

Mais son rire fut de courte durée, et il sursauta quand je me collai à lui pour chuchoter :

– C'est bien observé, tu as vu que martyrs et bourreaux, les uns comme les autres, portaient de beaux vêtements.

Et s'il les examinait attentivement, il remarquerait que la plupart des martyrs étaient à quatre pattes, comme des bêtes.

Dans le cercle de l'auréole, dis-je, leur tête avait l'air d'une balle qui roule.

– Drôlement angoissant, dit-il, saisi, en me prenant la main.

Le genre d'images qui effraieraient même un médecin.

Heureusement qu'il se trouvait avec une femme courageuse.

Ma main se déroba à son étreinte comme si elle était de fumée, déjà j'étais dans le coin des cierges. À gauche les cierges pour les vivants, à droite ceux qu'on destine aux morts, et entre eux le seau pour les restes de cire.

– Il n'y a pas une seconde je te croyais à côté de moi, dit Yunus quand il m'eut rejointe. On allume un cierge ?

Le tremblement de tout à l'heure avait complètement cessé. Je me sentais à présent bien consistante et en pleine possession de ma force. J'aurais pu me tourner brusquement vers lui et tendre un bras vengeur.

Silence ! allais-je dire, mais de l'autel s'éleva le *Kyrie eleison*, et c'est moi qui restai coite.

Quand je me tournai vers Yunus, je le fis avec la sérénité des forts qui contiennent leur puissance et dispensent leur enseignement avec l'infinie clémence des esprits supérieurs.

– Excuse-moi ! Je vais tout te montrer.

Quelle puissance je ressentis de n'avoir pas besoin d'exhiber ma force !

Quand il était à mes côtés, je sentais la chaleur de sa peau, j'entendais son sang battre doucement dans ses veines, et sous l'entêtante odeur de pomme de son after-shave, je percevais l'odeur légèrement rance de sa sueur.

Je résistai à tout cela, la pensée que résister pourrait m'être pénible m'emplissait de dégoût.

– Le Royaume de Dieu n'est pas le manger et le boire, mais la justice, la paix et la joie dans l'Esprit Saint.

Il était à côté de moi, cherchant ma proximité, avec ce visage totalement dénué de pensée et ses grands yeux éteints pareils à ceux d'une biche, et cette frange noire d'un autre temps.

Je lui expliquai toutes les fresques du pronaos, l'histoire des martyrs, de Saint-Étienne lapidé, des médecins bienfaisants Cyr et Jean d'Alexandrie, du pieux centurion Cornélius, de Sainte Filofteia avec la hache, des pères du Sinaï si Rait, des quarante martyrs de Sébaste dont on brisa les jambes et qui donnèrent de bon cœur leur vie pour leur foi.

Yunus m'interrompit sur un ton d'espièglerie factice en faisant l'éloge de ces pâtisseries valaques appelées martyrs (*mucenini*), délicieux roulés de pâte à la cannelle et aux noix qui célèbrent les quarante martyrs de Sébaste. C'était tout de même autre chose que ces gâteaux moldaves au miel tout secs, parsemés de quelques miettes de noix.

Ce n'était pas très fort de sa part, vraiment, dis-je, il répugnait à se représenter les souffrances des martyrs et tentait de faire diversion par une pirouette.

Il haussa les épaules, il n'aimait pas la violence gratuite, voilà tout.

Exactement, dis-je, on aime bien son confort. Les saints martyrs, eux, avaient défié l'enfer avec une fermeté inexorable. Ils nous donnaient l'exemple d'une force de volonté qui faisait cruellement défaut ici, dans ce pays, et ailleurs aussi, le plus souvent.

– Donc je n'ai pas de volonté, moi ? demanda Yunus.

Le bruit autour de moi s'amplifia soudain, j'entendais même celui des poils du tapis que froissait le pied de Yunus.

Croyais-je aux saints, demanda Yunys, et qu'ils ne se décomposaient pas ?

Mon regard s'arrêta sur l'icône de la vierge Marie expirante, or dans la vitre de verre ce n'est pas moi que je vis mais Yunus et ses yeux éteints qui se perdaient dans le vide.

Je fis un ample signe de croix.

Ils étaient rares de nos jours, dis-je, ceux qui s'exposaient au tourment avec une inébranlable volonté, alors qu'autrefois un tel exemple de foi inébranlable et d'héroïsme inspirait un farouche respect au plus grand nombre. Mais aujourd'hui le sarcasme et la plaisanterie s'étaient substitués au respect.

Je l'entendis entrer et actionner l'interrupteur qui commandait le lustre, et elle passa à côté de nous en traînant les pieds dans des savates en plastique, une femme en foulard qui se mit à faire des génuflexions devant la Sainte Vierge, en poussant de bruyants soupirs.

Les artistes qui avaient peint ces icônes avaient jeûné et prié en travaillant, mais, de nos jours, les restaurateurs apportent un sandwich et sortent leur mobile. Et devant l'église, le maire sert du vin et distribue les tracts de son parti, et quel mal y aurait-il à ça... C'est une bonne pâte, on le connaît, certes il pique les financements de Bucarest, mais il n'est pas le seul. Et donc on vote pour lui, encore et encore, et puis un beau matin on vote pour son fils. Ils sont d'ici tous les deux, des gars du pays qui parlent la langue de ces pauvres gens : celle du défi, de la persistance dans le péché !

Pourquoi s'extirper de la misère, juste parce qu'on vous le disait et que vous y exhortaient les gens de Bucarest qui venaient ici en vacances ? Pourquoi s'en laisser imposer par ces gens qui avaient appris plus de choses et donc en savaient forcément plus ?

Eux, ils le défiaient, ce savoir, comme ils défiaient tout pouvoir, ils se l'attribuaient le pouvoir.

Le monde pouvait bien s'écrouler !

La femme au foulard s'immobilisa un instant, avant de poursuivre ses génuflexions en soupirant de plus belle.

Yunus rit.

Ce rire !

Je clignai des yeux, clignai, respirai plus vite, mais le rire persistait, fou, rétif à tous mes avertissements.

Puis entra le jeune pope, je le fis quasiment voler jusqu'à nous à force de cligner, et la femme au foulard gazouilla un « Bien le respect, mon Père ! »

— Mon épouse me fait jeûner si savoureusement qu'on se demande si on peut encore appeler ça du jeûne..., nous lança le pope.

Il était tout réjoui.

Avais-je emmené ce jeune homme à l'église pour le convertir à la foi orthodoxe ?

Le ton était malicieux.

Et Yunus rit.

Le pope lui serra la main, s'enquit de son nom et nous invita à prendre place sur les tabourets contre le mur.

Yunus ?

Excellent ! Yunus venait de Jonas, dans le Tanakh, le livre de Jonas était l'un de ses préférés !

Le tremblement me reprit, et je m'appuyai de biais au mur froid avec tous les saints, ils étaient droits comme des i et si serrés que leurs auréoles se chevauchaient. Derrière eux il y avait d'autres saints puis encore d'autres, dont on ne voyait plus que les auréoles. Mon tremblement se communiquait aux couleurs contre lesquelles j'étais appuyée, le mur ressemblait maintenant à de l'eau soulevée par des vagues. Ça ne se voyait pas manifestement, car le pope continuait à parler et à narrer, imperturbable, l'histoire du prophète Jonas.

Et Jonas fut envoyé par Dieu à Ninive, la ville du péché, pour menacer ses habitants du châtiment divin qui sanctionnerait leur vie impie. Mais Jonas ne voulait pas aller à Ninive. Il pressentait un Dieu de miséricorde et de grâce qui ne mettrait pas à exécution le verdict qu'il avait prononcé. Or Jonas, lui, était un inflexible qui voulait la damnation des pécheurs. Pourquoi aller à Ninive menacer ses habitants du châtiment divin ? Afin que les pécheurs fassent amende honorable et connaissent la grâce divine ?

Il n'alla donc pas à Ninive, il prit même la direction opposée, celle de Jaffa, d'où il s'embarqua pour Tarsis. Or voilà qu'en mer une violente tempête se déchaîna, et le bateau menaçant de couler, Jonas avoua aux marins qu'il était la cause de la colère divine et qu'ils devaient le jeter par-dessus bord pour calmer les éléments et se sauver eux. Une fois jeté à la mer, Jonas fut avalé par une baleine et resta trois jours et trois nuits dans l'obscurité de son ventre. Tout comme, plus tard, Jésus au royaume des morts.

Combien de temps durent trois jours, aurais-je dû demander. Combien de temps persiste l'obscurité ?

Mais à quoi m'aurait servi d'obtenir une réponse ?

Le pope conta résolument comment Dieu avait enseigné l'humilité à Jonas, c'est d'humilité qu'avait besoin l'homme. Et le pope clama, en brandissant un doigt énergique : « Attention : Pénétré de Dieu et non de soi ! Et d'amour ! »

Avec un nom pareil, c'est tout juste s'il ne devait pas se faire baptiser, non ? dit Yunus.

Mais il avait un aveu à faire, maintenant qu'il était dans une église et devant un homme de Dieu. Autrefois il était athée, puisque communiste. Le pope soupira ou leva les yeux au ciel. En Irak c'était différent, expliqua Yunus. C'était un peu punk, un truc de jeunes qui avaient plus de jugeotte et pas froid aux yeux.

En Irak, sa mère qui était juive avait habilement dissimulé sa foi. Pendant le ramadan, elle allumait avant l'aube les lumières dans la maison, pour que les voisins pensent qu'ils mangeaient. Et elle faisait de même après le coucher du soleil, au moment de rompre le jeûne. Et elle ne sortait jamais de la maison sans son foulard, bien qu'il y eût aussi des femmes au village qui portaient des jeans et allaient tête nue.

Mais quand elle fut sur le point de mourir et que les voisins musulmans veillèrent à son chevet pour dire la chahada avec elle – « J'atteste qu'il n'y a de divinité autre qu'Allah et que Mohammed est le serviteur et le messager d'Allah », sa mère se dressa sur son séant et s'écria : « Il faut que vous le sachiez : je suis juive ! »

Le silence régna un moment à son chevet, nul ne disait mot, y compris son mari et ses enfants. Tous restaient comme pétrifiés, se demandant ce que la vérité allait déclencher. Jusqu'à ce que cette voisine éclate en sanglots et s'écrie : « Elle est folle ! Notre sœur bien aimée a perdu la raison ! » Et tous se mirent à pleurer et à crier en implorant le ciel : « Allah, aie pitié d'elle ! »

Quand l'instant fut venu, on aida sa mère à réciter la profession de foi en la lui chuchotant à l'oreille : « J'atteste qu'il n'y a de divinité autre qu'Allah et que Mohammed est le serviteur et le messager d'Allah. »

Yunus regarda le pope dans les yeux. Puis le pope me regarda moi.

XIX

La morte dans la forêt

Certaines nuits se répétait le cri perçant dont Mamargot et nos invités avaient dit au matin qu'il les avait réveillés et qu'ils avaient regardé dehors pour voir d'où il provenait. Avaient-ils rêvé, un rêve collectif ?

Du toit de notre maison je vis aussi les paysans regarder par la fenêtre. Mais pas un ne sortit.

Peut-être s'était-on trompé et le bruit venait-il des montagnes, quelque écho perdu.

Cet après-midi-là, nous prenions le thé sur le banc du jardin, quand mademoiselle Sanda accourut avec le plateau, trébucha et tomba en poussant un cri aigu, le cozonac coupé en tranches fusa dans les lilas en décrivant un arc de cercle au-dessus de nos têtes.

Il fallait qu'elle raconte à Margot l'histoire des cueilleurs de champignons et de la femme morte.

– Oh non, pitié ! s'écria Ninel.

Mais la vaillante madame Tudoran de se récrier :

– Allons, dites-nous tout, nous en avons vu d'autres, nous avons la peau dure. N'est-ce pas Margot ?

— Asseyez-vous donc avec nous, ma bonne amie, accorda Mamargot. Que s'est-il encore passé ?

Mademoiselle Sanda s'assit donc à la table du jardin pour nous conter l'histoire des cueilleurs de champignons et de la morte qui avait disparu, elle racontait avec ce luxe de détails dont sont coutumiers les gens d'ici, sans ménager les « Alors… »

Alors, les cueilleurs de champignons étaient allés en forêt, la veille, pas du côté de l'ancienne fabrique de tissage, mais en haut à droite, vers la maison d'Ata où l'on trouvait les plus beaux cèpes. Il y avait là de grands sapins et de grands hêtres, et le sol était couvert d'une épaisse couche de feuilles brun-roux. Le vieux Simion qui dansait avec le masque de la chèvre et aimait bien faire des blagues avait poussé la vieille Camelia, celle avec les cheveux fuchsia, dans un gros tas de feuilles. Mais voilà qu'elle s'était mise à pousser des cris d'orfraie. Car dans le tas de feuilles, à côté d'elle, gisait une femme morte !

Une femme qu'ils avaient tous l'impression de connaître.

Les hommes s'étaient alors découverts. Si seulement ils avaient eu une bougie sur eux, la femme ne semblait pas morte depuis longtemps. Jamais on n'avait vu si belle morte, sa peau laiteuse était ferme et rebondie comme de la porcelaine. Sa poitrine était dénudée, les bouts roses de ses seins pointaient encore. C'est seulement sur le côté, au niveau du cou, que la peau était flétrie, marquée par quelque chose comme une profonde morsure. Elle en avait peut-être d'autres qu'on ne voyait pas à cause du feuillage et de sa cape noire. Car ses bras disparaissaient sous cette cape noire qui, sous les feuilles mortes, la recouvrait sans doute au-dessous de la taille.

Alors quelqu'un avait eu l'idée d'aller sonner chez le jeune maire dont la maison était juste en face.

Mais les vieux n'avaient pas osé sonner, pas même le vieux Simion qui aurait dû être le plus hardi de la troupe, puisque c'était lui qui faisait la chèvre, tous les ans.

Ils avaient donc quitté les lieux.

Ça s'était passé le matin vers neuf ou dix heures.

Quelqu'un dit qu'il fallait aller chercher le pope. Mais Simion dit qu'il fallait d'abord aller lire les nouvelles à la colline d'internet, pour savoir si on en avait parlé, puis appeler la police au village voisin ; mais la vieille Camelia aux cheveux fuchsia dit que non, qu'il fallait d'abord aller quérir le vieux maire, sinon ça leur retomberait encore dessus.

Ils ne s'étaient pas mis d'accord, et comme personne ne voulait suivre personne, on n'était allé nulle part, tout le monde était resté chez soi.

Mais le soir ils s'étaient retrouvés et avaient parlé aux autres de ce qu'ils avaient découvert dans la forêt, et les autres, intrigués, avaient voulu voir la belle morte.

Alors ils étaient tous repartis dans la forêt, en haut à droite, vers la maison d'Ata, là où ils avaient déniché des cèpes le matin, et ils avaient cherché le tas de feuillage sous les grands sapins et les grands hêtres.

Ils avaient trouvé des feuilles mortes en quantité et les avaient dispersées, d'abord timidement, puis avec de plus en plus d'audace et d'impatience. Mais la morte était introuvable.

Fâchés, les gens s'étaient moqués des cueilleurs de champignons. Il n'y avait jamais rien eu. Ils leur avaient raconté des histoires pour se rendre intéressants. D'ailleurs ici il n'arrivait jamais rien ; pas comme en Italie ou en Espagne où vivaient leurs enfants et où il y avait de vraies bandes organisées, des associations avec un code de l'honneur et la mafia qui n'avait pas froid aux yeux.

Mais en repartant, alors qu'ils étaient presque sortis de la forêt, quelqu'un dit qu'il y avait quelque chose de grand là-bas dans l'arbre. Mais personne n'avait voulu lever les yeux, car, tous ils avaient peur.

Le lendemain, le pope, qui avait aussi entendu parler de la femme, était allé dans la forêt avec son diacre et deux jeunes gars du village voisin. Et Sabin qui avait eu vent de l'affaire, lui aussi, s'était rendu à l'endroit en question en bonne escorte, avec les gendarmes du village voisin ainsi qu'Ata que ça inquiétait beaucoup qu'on ait commis un meurtre à deux pas de chez lui. Sauf que la belle morte, ils ne l'avaient pas trouvée. Et à présent un tas de gens pensaient sans vouloir l'avouer au jeune pope qui disait tout le temps : « C'est au Saint Esprit que vous devez croire, pas aux esprits ! », donc un tas de gens ne pouvaient pas s'empêcher de penser que la belle morte à la peau blanche et aux tétons roses n'était pas une morte comme les morts habituels. Et qu'elle était sortie toute seule de son tas de feuillage, car on l'avait vue sur un arbre. Et la nuit on entendait cet horrible cri. On savait enfin maintenant qui égorgeait les bêtes dans leur étable d'une morsure à la nuque et les vidait de leur sang. Une de celles qui, dans la croyance populaire, vous apparaissaient sous les traits d'une chauve-souris, d'une araignée suspendue à un fil, d'un loup ou d'une trompeuse meule de foin.

La belle femme qu'ils avaient tous l'impression de connaître était une mort-vivante.

Et Sabin avait promis de suivre l'affaire avec l'aide de la police et du parti. Et d'ailleurs il reparlait du Dracula-Park, dit mademoiselle Sanda.

– Ça lui ressemble, s'écria Mamargot, contrariée. Il ne lâchera jamais prise, celui-là !

Et elle lança d'un ton chagrin :

– Ah, Empaleur ! Prince ! Que ne viens-tu ! Juger d'une main de fer !

XX
Portrait de l'implacable prince
Vlad l'Empaleur

Droit sur son siège, la tête haute, les yeux fixés sur la barre de cuivre des rideaux, la jambe droite tendue, la gauche repliée sous le trépied de velours, il posait pour cet artiste célèbre qui avait peint d'autres nobles de la cour de Hongrie – dont, bien entendu, Ilona Szilágyi, la belle cousine du roi Matthias Corvin à qui on voulait le marier.

Pour ce portrait il s'était vêtu somptueusement, en souverain valaque – qu'il n'était plus.

Dans la pièce il faisait chaud, le rideau tiré laissait filtrer une lueur d'un rouge de braise. Il portait le manteau de velours rouge au large col de zibeline des boyards et, sur la tête, la lourde coiffe de velours à la chaîne de perles et à l'aigrette fièrement dressée.

Surtout ne pas bouger, garder strictement la pose pour ne pas brouiller la perspective du peintre ! Il restait bien immobile, aussi immobile que possible, le regard perdu loin derrière la barre des rideaux, et comptait mentalement ses années de détention à la cour de Hongrie. Il comptait lentement,

comptait les mois, comptait les saisons, essayant de se tromper pour pouvoir recommencer de zéro, sans bouger un cil
sous sa lourde coiffe de velours. Il comptait d'après le calendrier grégorien et d'après le calendrier julien et ajoutait tous
les quatre ans un jour pour l'année bissextile. Il comptait
ses années chez les Ottomans, les ajoutait aux premières et
mettait leur nombre en regard de ses années de liberté.

Mais pouvait-on appeler liberté le combat pour la liberté ?

Non ! Jamais il n'avait été libre, toujours fourré dans une
armure pesante, suant, la peau à vif, mû par le devoir, traînant à sa suite des cohortes de soldats inconstants.

Si seulement lui était accordée longue vie… Qu'il survive
au roi et au sultan, et à son frère impie, Radu Le Beau, qui
l'avait évincé ! Et jusqu'à la septième génération à ces boyards
valaques cupides – qu'il leur survive à tous. Alors, loin de ces
êtres méprisables, peut-être trouverait-il la liberté et la paix.

– La lumière vous gêne ? demanda le peintre.

– Non, pardon ! dit l'homme statufié en clignant des yeux
pour réprimer ses larmes.

Il tenta de penser à la comtesse Szilágyi, une pensée qui
serait peut-être plaisante. Du moins apportait-elle un peu de
mouvement dans son immobilité.

Combien d'année fallait-il compter à cette comtesse hon-
groise dans sa série ? Il n'y avait pas d'échappatoire.

D'abord il s'était défendu de ce mariage avec la dernière
énergie.

Il avait à faire la guerre, il avait à reprendre le trône de ses
aïeux, à combattre. Et ce combat pour la justice requerrait
tout son sang-froid ! Le pays de ses pères courait à sa perte,
sombrait dans le chaos.

Comment aurait-il pu célébrer de nouvelles noces ? Alors que, en fuyant avec lui, son épouse s'était tuée de ses propres mains parce qu'elle avançait trop lentement et ne voulait pas le retarder...

Un guerrier était voué à vivre seul, comme un moine. Comme Saint Georges ! Saint Georges sur son cheval, plongeant la lance dans la gueule du dragon.

Mais le roi Matthias Corvin avait ri.

Saint Georges avait combattu le dragon qui était en lui. Dracula était infiniment plus de ce monde que le saint...

C'était donc vrai ce qu'on disait, qu'il était épris de la fille du marchand transylvanien, de cette Ecaterina Fronius Siegel.

Amoureux ? Amoureux, disait-il ?

Étaient-ce les rumeurs que répandaient les Saxons de Transylvanie dans leurs stupides libelles ? En même temps que ces histoires infâmes qui l'accusaient d'empaler les mères de familles et de leur clouer leur nourrisson sur la poitrine ? Détenait-on à la cour de Hongrie ces pamphlets qu'imprimaient les presses allemandes au lieu d'imprimer des livres de prières ?

Quand cette presse avait été inventée, on avait clamé qu'elle apporterait la justice. Ce qui était imprimé devait l'être pour tous, y compris pour les incultes, les libérer, leur donner du pouvoir. Mais à quoi bon ? On voyait bien là ce que le peuple voulait lire quand il lisait : de méchantes feuilles et des histoires mensongères.

C'était certes une réponse, mais point à sa question, objecta le roi. Avait-il vécu avec cette Ecaterina Siegel ?

Vécu ? À ce mot Dracula avait ri.

Et Matthias avait ri avec lui.

Dans ce cas, rien ne s'opposait donc à cette union avec la comtesse Szilágyi qui instaurerait un lien de parenté avec lui, lui, le roi de Hongrie !

Si, il y avait bel et bien quelque chose. Il était un guerrier, un loup solitaire.

Même aux guerriers il fallait une descendance !

Il était un guerrier et non un roi. Ses descendants seraient tous ceux qui, en toutes les époques, croient en la justice.

Quoi qu'il en soit, avait repris Matthias, le roi souhaitait instamment qu'il épouse la noble comtesse Szilágyi, ici à la cour. Un refus serait indigne d'un chevalier, il insulterait cette comtesse renommée pour sa beauté et sa vertu – et lui-même, le roi ! Que le prince Vlad y songe !

Il y avait donc songé. Et en avait conclu qu'il n'avait pas le choix. Il lui fallait s'avouer vaincu.

– La comtesse Ilona Szilágyi a les sourcils arqués comme votre Seigneurie, dit le peintre.

Dracula cessa de fixer la barre de cuivre des rideaux.

On le tenait prisonnier ici.

Mais pourquoi ?

Qu'avait-on à lui reprocher ?

Ces questions le rongeaient depuis des années.

Il était enterré vif et cognait en vain au couvercle de son cercueil.

Pourquoi le retenait-on ici ? Mais pourquoi ?

Pourquoi ?

Comment pouvait-on douter de sa constance ?

De la morale d'un Vlad Dracula, valeureux soldat du Christ !

Derechef il compta les années, tentant de trouver une lacune, une chose qu'il aurait oubliée.

Le roi réclamait haut et fort son mariage ici à la cour. Ce lien de parenté garantirait qu'on pourrait de nouveau lui faire confiance. Peut-être le laisserait-on partir ensuite...

Et alors qu'il pensait à toutes ces années, à ce temps immobile et à la comtesse Szilágyi qu'il connaissait à peine, il entendit soudain du bruit dans la cour, des piétinements, des ordres qu'on lançait, les servantes qui criaient. Des bruits de pas sur les marches de bois, des clameurs.

– Halte là, coquin !

Pas heurtés, meubles renversés, portes claquées.

Dracula ôta sa coiffe de velours, prit au mur sa grande épée et quitta la pièce.

Dehors dans la cour il tonna :

– Que faites-vous dans ma maison ?

Le capitaine expliqua qu'ils pourchassaient un voleur qui s'était enfui et se cachait ici.

– Ai-je été informé que vous pénétriez dans ma demeure ?

On n'en avait pas eu le temps, lui dit-on.

– Dans ce cas, dit Dracula.

Un coup tomba.

Un gargouillis.

Un râle.

Et de sa fenêtre, le peintre allemand vit son modèle Vlad Dracula, un pied sur le torse décapité du capitaine hongrois. Dans la main droite il tenait l'épée, dans la gauche, aux cheveux, la tête blafarde.

– C'est ici ma maison, et je suis prince, dit-il solennellement aux gens apeurés dans sa cour. Nul n'a le droit de pénétrer dans ma maison sans y être convié. Et si un homme cherche refuge ici et qu'on l'accuse d'être un voleur, c'est à moi et à moi seul, le prince, d'en juger et de décider s'il mérite un châtiment – ou la grâce !

XXI

L'Exécution d'Ata

Du bord du toit je vis un pan de rideau s'échapper de la fenêtre de ma chambre. J'entendis les anneaux cliqueter sur la tringle, avant que quelqu'un ne crie de nouveau.

Le cri venait de la forêt.

Ce cri !

Un cri aigu qui n'avait rien d'humain.

Je pris mon envol, planai au-dessus de la forêt obscure où le calme était revenu ; il n'y avait plus que le bruissement des cimes, le grondement de la rivière près de la fabrique de tissage, et l'appel lointain, insistant, d'un oiseau de nuit. Tout le vert avait viré au bleu, un bleu sombre qui baignait les branches pointées vers le ciel, le feuillage, et au loin les parois rocheuses qui brillaient. Telle une araignée suspendue à son fil, je descendis, bras et jambes écartés, et crapahutai sur le tapis de feuilles humides des hêtres jusqu'à la petite clairière qui s'étendait devant la maison d'Ata.

Là je me redressai, impatiente de rencontrer la belle femme censée être un vampire.

Ça sentait la mousse et les feuilles mortes.

Serait-elle bien disposée à mon égard ?

Peut-être. Peut-être aussi que non.

Moi je tenais beaucoup à l'aborder courtoisement.

– Bonsoir, murmurai-je. Êtes-vous là ?

Aucune réponse ne me parvint.

J'étais intriguée par sa tenue et ce manteau noir. Pour ma part, je portais une chemise de nuit blanche et des tennis.

Nous allions donc avoir un face à face en noir et blanc.

C'est alors que j'entendis un bruit de saut au-dessus de la clôture d'Ata, à plusieurs reprises. Ils couraient en gémissant à travers le feuillage dans la direction opposée à la mienne. Je humai la salive des chiens et l'odeur de suif de leur pelage.

Devais-je les rattraper ? Mais à quelle fin ?

Je sonnai au portail d'Ata.

Pourquoi l'ai-je fait, je l'ignore, D'autant que, rétrospectivement, je trouvai bien toutes sortes d'explications, mais que beaucoup me semblèrent aussi pertinentes que leur contraire.

Un moment passa, puis la voix d'Ata retentit, nasillarde, dans l'interphone.

– C'est moi, dis-je. Tu m'ouvres ?

Il descendit me faire entrer lui-même.

J'étais seule ? Dans cette tenue ? Je n'avais pas craint de traverser la forêt de nuit pour venir le voir ?

Je le suivis dans la cour, et là déjà je sentis – comme une sorte de mise en garde. Le cuir chevelu qui me démangeait, un léger vertige, et un immense dégoût – un picotement sec dans la bouche comme après un excès d'ail. Un pressentiment vertigineux ; je crus déraper sur les galets de la rivière qui recouvrait l'allée.

Les galets venaient de la rivière !

Les galets de la rivière, la seule bévue ! À part ça, nous avions la même allée, qui dessinait le même méandre inutile ! Mais chez nous dans le jardin, les galets étaient blancs.

C'était une vision d'horreur : les fleurs, les clôtures, le massif de lilas, le banc ! Tout était comme chez nous ! Juste un peu différent, comme dans les rêves. Et la maison aussi, exactement pareille : informe, avec une grande galerie au premier et peinte en blanc, elle brillait au clair de lune, avec les arbres alentour qui projetaient sur elle leurs ombres ondulant doucement dans la brise. Sous la galerie, une petite plaque où était gravé « Villa Diana »

Je redoutai d'entrer dans la maison... d'y trouver les mêmes meubles que chez nous, qu'on aurait juste légèrement changés de place. Ou même ceux d'autrefois que je savais être dans notre cave.

Avais-je peur de ses chiens, demanda Ata. Ils n'étaient pas dangereux en sa présence.

J'aurais d'abord bien aimé voir les tennis, dis-je. Il en avait, non ?

Bien sûr, dit-il. Deux, comme chez madame Margot. Avais-je envie de disputer un match sous les projecteurs ? Je ne voulais pas entrer, d'abord ? En disant ça, il s'approcha tout près, je sentis son souffle dans mon cou.

Si ça ne lui faisait pas peur de jouer contre moi, j'aimerais bien, dis-je.

Il y eut un clignotement, et le projecteur s'alluma, une lumière blafarde, comme de pleine lune.

Les lignes du terrain luisaient crûment, des raies de plastique blanches.

Le revêtement de terre battue était bleu et non rouge, c'est un ami de Sabin qui le leur avait procuré, un ancien joueur de tennis, un homme d'affaires prospère qui venait souvent chasser dans le coin.

Sur le revêtement bleu on voyait bien mieux la balle, dit Ata, pendant que nous échangions quelques balles de fond. À Madrid ils avaient prétendu que le revêtement était plus glissant et que la balle rebondissait moins, mais c'était faux…

Ce bleu faisait penser à un revêtement dur, dis-je. On s'attendait à du béton, c'est pourquoi on glissait et s'étonnait que la balle ne rebondisse pas plus haut. Illusion d'optique !

Ata rit.

– Peu importe !

J'avais la raquette qu'Ata m'avait prêtée bien en main, ç'aurait pu être la mienne : même taille de tête, même cordage, même poids, un poids que je ne sentais plus en jouant, elle était comme le prolongement de mon bras.

Quand avais-je joué pour la dernière fois ?

J'avais l'impression d'entendre des battements de cœur oubliés : plopp – plopp, plopp – plopp, comme le souvenir d'une vie qui était loin…

Un souffle de vent souffla soudain, mes cheveux volèrent sur mon front, et une étrange émotion m'envahit en voyant revenir la balle, que je pris à la bonne distance, avec le bon timing, et retournai dans le champ adverse d'un ample mouvement du bras.

L'écho de l'impact sur ma raquette me fut renvoyé par les troncs d'arbres alentour avant que la balle ne soit frappée en face – Plopp !

Et la balle s'éleva de nouveau devant mon bras en plein élan. Le sifflement de la raquette et : Plopp !

Retour et, de nouveau : Plopp !

Revers à une main : Plopp !

Retour et, de nouveau : Plopp !

Poussée des genoux : Plopp !

Retour et, de nouveau : Plopp !

Coup long de ligne : Plopp !

Retour et, de nouveau : Plopp ! – Et plopp ! Je retournai la volée dans les jambes d'Ata.

Il n'arrivait pas à se concentrer, dit-il. Une adversaire en chemise de nuit, ça le distrayait.

Nous allâmes tous les deux au filet ramasser les balles, et quand nous nous y croisâmes, Ata me saisit à la nuque et me pressa contre sa figure et sa langue enflée ; je laissai faire. De la raquette qu'il avait en main il caressait mon dos, et juste à ce moment-là une branche craqua si bruyamment qu'il se recula vivement, effrayé.

Ce n'était qu'une branche, dis-je. C'était comme ça quand on habitait dans la forêt. Avait-il peur de voir la belle femme surgir devant son portail ?

Quelle femme ? demanda-t-il. Il n'y avait personne, la seule belle femme de la forêt était devant lui en chemise de nuit... aurais-je le cran de disputer un match, maintenant ?

Et comment, dis-je, et je regagnai ma place.

J'avais le premier service. Je jouai une balle à plat, qui retomba sur la ligne de service, puis montai au filet et lui retournai une amortie.

– Serve and Volley. Boum-boum, dis-je.

– Quinze-zéro, cria Ata ;

Mon service suivant : ace. Comme au bon vieux temps !

Puis je mis une balle sur la ligne de fond, Ata l'évalua mal et ne la prit pas.

Il retourna la suivante dans le filet.

– Game ! dit-il sans parvenir à cacher son dépit.

Prétextant que quelque chose clochait avec sa raquette, il alla en chercher une autre.

Je gagnai le premier set sans me fatiguer beaucoup.

Aurais-je laissé échapper des commentaires ou des gestes moqueurs en gagnant ? Je ne le crois pas. Je ne veux pas accabler rétrospectivement Ata, car n'est-ce pas : « De mortuis nihil nisi bene », mais force m'est d'avouer qu'il était mauvais joueur – si tant est qu'il fût joueur. Il me reprochait sans cesse d'être en chemise de nuit, et j'eus beau arguer gaiement : à sport blanc chemise blanche, il était en rogne. Il jouait comme s'il ne s'agissait que de gagner ; et je ne le laissai pas gagner. Il jouait avec hargne derrière la ligne de fond, retourna balle sur balle et finit par remettre un coup droit hors du terrain.

Sur quoi il jeta sa raquette par terre. Puis il la ramassa et reprit le jeu en frappant à tour de bras, avec une absence totale de fantaisie.

Vous vous demandez si je jouais avec plus de force que d'habitude. Si je volai ou planai pour attraper la balle, comme dans mes rêves d'enfant. Non ! Je suis catégorique, non ! Consciente de cette force nouvelle en moi, je refusai de la mettre en œuvre, je restais fair play. Certes je ne m'essoufflais pas, mais je ne me serais pas essoufflée si vite de toute manière, car Ata frappait droit devant lui, violemment, mais sans aucune tactique.

Il ne me déportait pas d'un coin à l'autre, au filet puis à la ligne de fond – comme je le faisais, moi, avec lui. Je crois que son obsession de gagner le mettait hors d'état de jouer.

Et je n'avais pas besoin de frapper avec tant de force que ça, la force me venait surtout de l'élan, de la souplesse avec laquelle je frappai la balle.

Mes pas de côté étaient une danse, je suivais le rythme de la balle, que je frappai au sweet spot, d'un revers à une main, mon coup favori, la pointe du pied droit effleurant le revêtement.

Je réussis même un revers le dos au terrain, d'un coup de poignet.

– Tu joues bien, criai-je à Ata pour l'encourager, comme on fait dans un match amical.

Du filet, je l'envoyai derrière la ligne de fond où il rattrapa la balle de justesse, mais glissa ensuite et rata une amortie narquoise.

De nouveau il jeta sa raquette par terre.

Et je criai tout fort dans un anglais lapidaire :

– Quiet, please !

Il leva les mains en guise d'excuses, mais sans sourire.

À la balle suivante je l'attirai au filet puis frappai un lob qui rebondit lourdement derrière lui.

– Ce ne serait pas arrivé sur le revêtement rouge, plaisantai-je.

Après quoi il mit plusieurs balles dans le filet.

C'est ainsi que « d'un dialogue des balles » comme aimait à l'appeler Mamargot, le jeu dégénéra en un monologue. Je smashai, et Ata, surpris, ne put retourner la balle.

Ça devenait morne, c'était comme jouer contre un lance-balles.

Je criai que j'étais fatiguée et interrompis le match.

Avais-je joué comme ça avec Traian ?

Avec Traian ?

Oui, avec Traian.

Avec lui je jouais à d'autre jeux, rétorquai-je.

Ah ça, la crapule l'avait colporté dans tout B.

C'était bien son droit.

J'aurais dû le voir mendier du travail à ce portail, dit Ata, oui, Traian était venu mendier du travail, n'importe lequel. Il était revenu d'Espagne, bancale, maigre comme un coucou, et s'était planqué dans la maison vide de ses parents. Personne ne devait savoir qu'il était revenu... Il avait tellement honte.

Et ensuite ?

Eh bien, qu'est-ce que je donnerais pour l'apprendre !

De quoi avait-il besoin ?

Il n'avait besoin de rien.

Avait-il donné du travail à Traian, voilà ce que je voulais savoir.

Bien sûr que oui. Il lui avait fait tondre l'herbe dans les clairières et sur les pentes. L'avait payé pour ça. Traian avait étendu l'herbe pour la faire sécher dans la journée, puis l'avait ramassée avant la nuit et avant la pluie, et il l'avait entassée en meules. Il le faisait toujours en catimini, pour que personne ne le voie.

Il était descendu ici avec un plan : tu as dix meules là, quinze là – on les met où ? Ata lui avait payé chacune des meules, il ne les avait même pas vues, il lui avait payé tout son foin, puis il lui avait dit, je te donne encore un peu d'argent et maintenant brûle-moi tout ça, tout le foin.

Et la chose avait mis Traian hors de lui, brûler tout ce travail, pourquoi ? Eh, parce que ça ne sert à rien, espèce d'andouille ! Tu as vu des bêtes quelque part encore, toi, ici ?

Alors Traian avait pris l'argent et y avait mis le feu. En imbécile qu'il était.

Et ensuite ?

Ensuite, la femme de Traian avait rappliqué ici dans la forêt. Elle lui avait crié du portail qu'il avait tué Traian. Pourquoi donc aurait-il tué Traian ? Mais elle n'en démordait pas – il avait son mari sur la conscience, c'était sa faute, si elle n'avait plus de mari et si elle était veuve comme sa mère. Elle n'avait pas accepté d'argent, avait crié jusque tard dans la nuit, et elle était revenue au matin, jusqu'à ce qu'il lance les chiens sur elle. Après quoi elle avait cessé de venir.

– La femme avait raison, dis-je. Son père et lui avaient tout détruit ici, ils en avaient chassé les gens.

Lui ? Qu'est-ce qu'il avait donc fait ?

Il avait continué tout ce que son père avait fait à ce village. Ils l'avaient pillé.

Il n'avait rien fait.

Il n'avait rien voulu changer, il s'était arrangé de toute cette gabegie. Les gens dont il aurait dû s'occuper, il les méprisait. Il vivait dans le luxe, seul dans son coin.

Il vivait exactement comme moi !

Ne faisait-il donc pas de cauchemars, n'avait-il pas peur de devoir payer un jour pour ces vols, toute cette misère ici à B. ?

Non, cria-t-il, il ne faisait pas de cauchemars. Et il n'avait pas peur non plus. Qui aurait bien pu lui faire quoi que ce soit ?

Dans l'allée couverte des galets de la rivière il tira sur ma chemise de nuit, qui se déchira à une épaule, mais je ne m'arrêtai pas. Il tenta de m'attraper à plusieurs reprises, mais ne réussit pas à me saisir.

Il siffla ses chiens, mais ils ne vinrent pas.

Avait-il déjà peur à ce moment-là ?

Je continuai à avancer, sans me retourner.

Au portail, quelque chose me toucha à l'épaule, une balle de tennis ou une pierre. Je crois que ça l'effraya lui-même, son geste, et encore plus qu'il n'ait pas de conséquence.

Je partis comme si de rien n'était, sans un mot d'adieu.

N'avais-je fait que rêver tout ça ? Ou ce qui suivit immédiatement ?

Je marchais entre des rubans lumineux rouges, à la poursuite du cri aigu. Devant moi, je voyais flotter très haut les rubans rouges de ce cri, très loin devant. Arrivée là-bas, je l'aperçus en haut sur le pieu, la chemise déchirée.

Entre les lattes de la clôture je distinguai la silhouette sombre qui le tenait aux jambes, qu'elle lui avait écartées.

D'un coup sec elle le tira vers le bas, et la pointe du pieu ressortit entre les épaules et la tête, d'un bleu brillant dans le clair de lune rouge pâle – le bleu du lapis-lazuli, là où partout c'était rouge.

XXII

L'esprit dans le sentier

Mes pas étaient aussi réguliers que mon souffle, le bruissement des feuilles que j'effleurais en passant me grisait, sur la pente les croix en souvenir des randonneurs malheureux, puis l'inscription : « Bon voyage, inconnu, je me suis arrêté ici. »

Les feuilles humides scintillaient, loin derrière elles la cape noire gravissait la montagne, je la suivais. Où ? À vrai dire, je le savais déjà.

Le grondement saccadé de la rivière, un vacarme froid qui s'amplifiait, résonnait dans le précipice qui s'ouvrait devant moi, masqué par de longs nuages de brume. J'étais donc revenue ici, sur ce même sentier escarpé où nous calions à chaque pas nos pieds entre les racines proéminentes, pour assurer notre marche. Ce que je n'avais plus besoin de faire puisque je me mouvais désormais avec agilité et sans peur.

Je suivais la silhouette noire, j'aurais pu la suivre les yeux fermés, car je sentais sa proximité sur ma peau. Étais-je déjà l'une de ses semblables ?

À travers la brume laiteuse je voyais la créature marcher à quelques pas de moi. La cape noire humide collait à son corps mince. Puis elle s'arrêta, à l'endroit exact où madame Didina était tombée, et attendit. Il me faut donc croire au destin.

Un torrent d'images m'assaillit, les images de cet étroit sentier, le sentier des maudits. Je voyais les traîtres arriver un à un, à pied, tenant leur cheval au licou, et les fidèles les attraper : un homme et son cheval, un homme et son cheval, l'un après l'autre ils tombaient dans l'abîme, un flux sans fin, je détournai le regard, encore que brièvement. Et dans le tonneau qu'ils transportaient ils avaient du miel – dedans était conservé pour le sultan Mehmed II Abu Al Fatih le corps du prince Vlad Dracula.

Ecaterina Fronius Siegel, à genoux, pleurait l'aimé qui reposait sur des linges déployés. Qui avait fait ça, voulait-elle savoir. Autour d'elle les fidèles, tête nue. C'étaient les traîtres qui avaient fait cela, dit son père, des Valaques, des Saxons, des Hongrois, des Ottomans, et Dieu sait qui encore, des puissants et des gens du peuple qui craignaient sa justice, qu'ils souffrent éternellement dans les ténèbres ! Les hommes se signèrent, les yeux rivés à leur héros. Le pâle visage du prince brillait sous le vernis de miel dans lequel venaient peu à peu se prendre les insectes de la forêt.

Un tel silence régnait soudain autour de nous, le vacarme de la rivière n'était plus qu'un insupportable silence. Çà et là un craquement, l'espace se dilatait, puis se rétrécissait de nouveau.

Devant moi la silhouette sombre, qui attendait. Mon destin ! Je me frayai donc un passage vers l'inexorable entre les racines proéminentes, vis le dos toujours figé dans l'immobilité, mais les mains sortir de l'étoffe sombre – de longs doigts pâles, crochus comme des serres.

À un pas d'intervalle je m'arrêtai.

Était-ce moi qui haletais ?

Lentement la créature se retourna.

Mes yeux se posèrent sur le visage de mon amie Arina.

Son visage allongé, avec ces yeux rieurs, ce nez légèrement busqué.

Elle me fixait droit dans les yeux, provocante, comme dans la nuit où elle avait escaladé le mur de ma maison, autrefois.

Te voilà donc enfin, mon amie d'antan, croyais-je l'entendre dire. Sa bouche ne remuait pas. Seul le visage qui m'était si familier esquissa un sourire voluptueux.

Puisque tu m'as attirée ici, répondis-je des yeux.

Elle leva une main et écarta ses longues griffes : Je t'ai appelée comme on appelle sa compagne.

Ses gestes étaient d'une lenteur lascive ; j'avais le sentiment qu'elle pouvait sauter sur moi à chaque instant.

Je la regardai en face hardiment : Pourquoi as-tu tué Ata ?

Pourquoi ? Elle se mit à rire sans bruit, en renversant la tête, et la balança doucement. Mais son corps restait immobile, comme si la tête et le corps étaient dissociés.

Alors, pourquoi ?

Quand elle me regarda de nouveau, c'était une autre femme : le visage sillonné de rides, les yeux dilatés, les lèvres retroussées découvrant les dents. Et j'entendis ce qu'elle n'avait pas eu besoin d'énoncer : J'ai apporté le pieu du prince Vlad, le pieu glaçant qui redresse les êtres veules.

Pourquoi ? Allait-elle céder à mon regard insistant ? Pourquoi, Arina ?

Inclinant son horrible visage, elle se dirigea vers moi, puis fit un pas de côté, et je la vis traverser le précipice sur le nuage de brume.

Ton ami Ata a fait périr mon mari, et il a lancé ses chiens sur moi.

Il n'était pas mon ami.

Avoue enfin que tu l'aimais.

Arina !

Elle m'était si familière, même sous l'aspect d'un spectre hideux marchant sur des nuages de brume.

Entendait-elle maintenant ce que j'avais tu tant qu'elle vivait, par égard pour notre amitié ? Il y a toujours eu ton envie entre nous, compagne de mon enfance, tu m'as toujours tenue pour quelqu'un de mieux loti.

Dans le brouillard blanc je me l'imaginai très proche, je crus encore entendre sa voix.

Beaucoup de choses nous séparaient dans la vie, autrefois. Mais bientôt tu seras comme moi, du sang du prince Dracula. Rien ne nous brisera !

Je remarquai alors seulement que mes tennis ne touchaient plus le sol. Arina et moi planions l'une en face de l'autre et nous comprenions sans nous parler.

La morsure du vampire n'est pas un châtiment comme l'est le pieu. C'est la délivrance de ceux qui ont été asservis, trahis, humiliés.

Venez avec votre pauvre sang ! Et tous vous prendrez et boirez du sang du prince. Vous les impuissants qui cherchez la puissance. Tel est le pacte du sang de ceux qui combattent pour la justice.

Peu à peu je ne parvenais plus à distinguer les pensées d'Arina des miennes.

Je suis un vampire éternellement vivant du sang du prince Dracula, je suis la vengeance éternelle des justes.

XXIII

La vengeance éternelle des justes

— Je peux entrer ?
— Oui, dit-il, mais comment...
Je ne sais pas de quoi il avait peur. Tout allait très vite.
Je planais, ramassée sur moi-même, au plafond de la chambre de Sabin, la tête penchée vers le petit homme en pyjama qui ne cessait de geindre : « Ma jambe, ma jambe ! » Il avait fait dans son pantalon et se figurait ne plus pouvoir bouger sa jambe mouillée.

Je lui intimai de se taire en émettant un bruyant « Pss », qui résonna comme un sifflement de serpent. Il continua à geindre : « Ma jambe, ma jambe. »

Il flottait une âcre odeur d'ammoniaque à laquelle se mêlaient des remugles d'oignon et de saucisse fumée venus d'on ne sait où.

Le dos calé contre les accoudoirs d'un canapé de cuir gris, Sabin gigotait, jambes en l'air.

Cette pièce était d'une laideur insigne, et la vue panoramique que j'en avais d'en haut difficilement supportable. Une pièce « d'avant », laissée telle que, par négligence ou même par goût, des tapis avec de sanglantes scènes de chasse, sur chaque meuble des toiles cirées et des macramés, des corbeilles tressées et des vases en bois laqué, contre deux des murs s'empilaient des paquets qu'on n'avait pas ouverts. Je me revis, enfant, pénétrer dans cette pièce, un sac de cadeaux dans chaque main, et la femme souffreteuse de Sabin qui gérait la location des villas à B., crier de la pièce voisine : « Pose-les sur le canapé, mon lapin, je vais regarder ce que je peux faire. »

J'assénai un coup de pied au plafonnier hideux qui vola en éclats. La lumière s'éteignit.

Quand j'allumai le vieux lampadaire, nous nous fîmes face, tous deux en manteau sombre.

– Votre fils Ata est mort, dis-je.

Sabin acquiesça, la mine impassible.

– Mes condoléances ! poursuivis-je.

De nouveau il acquiesça.

– Voulez-vous un verre d'eau sucrée ?

Il continuait à me fixer, le visage bouffi, suant, la mèche de cheveux glissant sur son crâne.

Puis il demanda brusquement :

– C'est vous qui avez mis le feu à ma voiture ?

Il ne s'enquit nullement de son fils.

– C'est vous qui avez tué Traian ? demandai-je à mon tour.

– Traian ?

Ses yeux s'animèrent. Il eut un sourire malicieux, puis éclata de rire. Il riait sans retenue, et son visage s'empourpra.

Et il se mit à parler de Traian.

Il parlait avec un plaisir sans mélange, oubliant sa situation et son bas de pyjama mouillé, oubliant sa peur de moi et que j'avais dit que son fils était mort. Le sarcasme que lui inspirait « ce pauvre gueux », comme il l'appelait, l'animait d'une verve singulière.

Peut-être avez-vous du mal à concevoir la répulsion que j'éprouvais à l'égard de Sabin. Un bonhomme affairé, omniprésent, qui magouille continûment et qui vous est devenu tellement familier, à force, qu'il vous manquerait presque le cas échéant. Sous la dictature, déjà c'était lui le chef ici, un type arrangeant, disait-on. Puis il a installé son fils à la mairie ces dernières années – ce garçon arrogant qui s'est enrichi une fois au pouvoir, d'un tout autre genre que Sabin qui se mêlait aux gens.

Sabin, on apprécie sa « drôlerie », son ironie complaisante, cette condescendance avec laquelle il parle des autres est chose courante ici au village. Et pourtant, quand il parla de Traian, c'est en lui que je vis la source de tous les maux de B. – un cynique qui en avait empêché toute vie.

Il décrivit les noces de Traian : le gars avait donné une fête au-dessus de ses moyens, avec des musiciens, et un buffet, et de la danse. La sœur de la mariée lui avait soi-disant envoyé de l'argent d'Espagne. Elles étaient pauvres comme Job ces deux familles – pauvres comme Job mais qui voyaient grand ! Ils n'avaient rien de plus pressé que d'abattre la clôture entre leurs deux fermes et de se mettre à bâtir leur propre maison. Tous ils voulaient bâtir ici, sans rien planifier. Mais ils avaient à peine posé les pierres d'angle qu'ils s'apercevaient qu'ils ne pouvaient pas se le permettre. Et ils venaient tous le voir – Monsieur Sabin, vous auriez du travail pour ma femme et pour moi ? Tout simplement. Ben voyons, comme si monsieur Sabin était le Pôle emploi de Bucarest.

Puis Traian avait émigré en Espagne avec sa femme. Ils étaient revenus chaque année aux vacances d'été, pleins aux as, et ils avaient continué à bâtir leur maison. Sabin leur avait généreusement proposé de s'en charger. Ils auraient pu lui envoyer l'argent d'Espagne, et il aurait veillé à ce que le chantier avance sans trop d'interruptions. Mais Traian était méfiant, il ne lui avait pas fait confiance, comme si Sabin attendait après une misérable rétribution. Dans d'autres pays ça se paie cher les permis de construire, pauvres ballots, et il n'y a pas de gentil maire qui laisse les gens construire gratuitement. Mais quand on a affaire à des idiots...

Au lieu de s'épargner les déplacements et de faire construire par des spécialistes, ils avaient préféré venir le faire eux-mêmes, et la femme de Traian avait préparé le mortier en écoutant de la salsa à longueur de journée, pendant que Traian essayait de trouver le moyen de transporter les tuiles jusqu'ici. Ils avaient fait ça été après été, et puis un beau jour, comme la plupart de ceux qui avaient quitté le village, ils avaient tout bonnement cessé de venir. Il y en avait beaucoup qui s'étaient épuisés à l'étranger, beaucoup d'unions qui avaient été conclues ici à B. s'étaient soldées par un échec loin d'ici. À quoi bon alors continuer à gagner de l'argent pour construire une maison ? Et à quoi ça rimait tout ça, en fin de compte ?

La plupart des gens d'ici qui étaient partis ailleurs comme travailleurs saisonniers, on n'en entendait plus parler. Contrairement à Traian qui avait réussi à faire la une des médias, cet imbécile.

Ça s'était passé dans une petite ville du Nord de l'Espagne : une noce avec cent-vingt Roumains, et ils avaient fait venir des musiciens qui avaient joué toute la nuit, ils avaient dansé et commandé les plats et les boissons les plus fins sans regarder à la dépense, et pour finir, ils avaient dansé une conga, une immense farandole à travers le restaurant, en passant par les cuisines où on les avait acclamés, ils avaient dansé dans le hall de l'hôtel adjacent, puis dehors sous les palmiers. Le maître d'hôtel Traian avait réalisé qu'ils en avaient profité pour filer sans payer, en apportant le gâteau de noces avec les bougies feu d'artifice ! Et aux actualités régionales du lendemain, il avait raconté en ouvrant de grands yeux combien ça l'avait surpris et qu'on l'avait même invité à danser, mais qu'il avait dit, plus tard, les amis, après le gâteau…

À ce moment du récit Sabin éclata d'un rire sonore, il s'étranglait de rire. Toussait tellement il riait. Ses joues flasques tremblaient, je voyais ses dents brunies, son gosier tout sombre. Il s'étouffait presque, à force de tousser, mais continuait à citer la journaliste qui avait demandé : « Et vous, vous venez de quel pays ? » Et Traian avait eu l'air encore plus ahuri, un parfait imbécile ! Un type qui se fait rouler par les siens ! Les vidéos étaient encore sur internet. Tout B. les connaissait ! Pendant des semaines on n'avait regardé que ça sur la colline d'internet. Teapa collosala !

– Et ensuite ?

Environ six mois plus tard, Traian était venu frapper à la porte de Sabin. « Petit père, petit père, est-ce que tu as du travail pour moi ? »

Sabin ne l'avait d'abord pas reconnu tellement il était maigre et comme bancal, même sa tête avait l'air bancale.

Sabin fit une grimace – voilà la tête qu'il avait.

Ça s'était mal terminé en Espagne, et il se cachait ici dans la baraque de ses parents morts. Il ne voulait pas que les gens voient qu'il était revenu comme ça sans rien. Sabin pouvait-il l'aider à trouver du travail ?

Voilà, il venait le trouver, maintenant qu'il avait besoin de quelque chose. Mais avant il avait frimé avec tout son argent d'Espagne et tenu à bâtir sa maison tout seul. Avait-il au moins laissé à Sabin les cartes d'identité de sa famille pour le vote ? Comme ses voisins, qui étaient partis aussi, mais qui, eux, étaient des gens convenables ? Pas du tout, alors qu'il n'avait besoin que du passeport en Espagne. Mais pourquoi se conduire convenablement et aider les autres, quand on pouvait aussi bien ne pas aider ? Il n'avait même pas donné à Sabin les papiers de ses parents décédés ! Traian se fichait pas mal de sa réélection. C'était un gars intéressé, qui ne pensait qu'à son profit personnel.

Traian s'était défendu en parfait idiot. Et avait-il au moins fait un don à l'église de B. ? Oui, avait dit Traian, ça il l'avait fait, et Sabin l'avait envoyé au diable et appelé son chien.

Ils s'étaient revus une fois, Sabin avait une petite mission pour lui, rien de bien méchant – et de toute façon, quand on est coincé, on ne fait pas la fine bouche.

Des semaines après, rien n'ayant toujours été fait, Sabin était allé le trouver chez lui, à la vieille baraque qu'on ne voyait plus du tout de l'extérieur derrière ces grands murs de béton. La cour était pleine d'herbes folles, de taillis et de toutes sortes de trucs qu'on avait jetés. La ferme aurait eu l'air quasiment abandonnée, s'il n'y avait pas eu ce poulailler avec des planches neuves et si vaste, peut-être même assez grand pour les oies.

Sabin avait appelé Traian, plusieurs fois, mais personne n'avait répondu.

Quand il avait frappé à la porte, elle avait cédé, et une puanteur pestilentielle l'avait pris à la gorge, si atroce qu'il était vite ressorti. C'est de la fenêtre opaque de saleté qu'il l'avait vu, le Traian, pendu à une poutre du plafond ; le ventre enflé, pareil pour la langue qui pendait. On aurait dit un ballon gonflé à l'hélium.

Il était parti en le laissant là, pour que d'autres le trouvent.

Et puis, quelque temps après, madame Didina avait eu cet accident, et on avait dû l'enterrer dans la crypte où reposait aussi le prince Dracula. C'est là qu'il avait eu cette idée !

Ça faisait donc longtemps qu'il savait, pour le tombeau de Vlad Dracula !

Bien sûr qu'il savait. Autrefois on connaissait son histoire, pas comme maintenant... Tout ce qu'il avait appris autrefois ! Il était un national-communiste brillant, estimé de tous les camarades, et ils l'avaient placé ici pour faire de l'ordre et veiller au grain.

Autrefois B. était le lieu de chasse favori du régime, on y chassait l'ours, le loup, le cerf, le sanglier et le chamois. Ici le camarade Ceauşescu avait dégotté 385 super trophées, au-dessus des 400 points, dont quelques records du monde qui avaient fait grand honneur au pays. Sabin mettait sur pied les meilleures troupes de rabatteurs, et les camarades Khrouchtchev, Tito et Fidel Castro étaient quelquefois venus à ces chasses. Sabin les avait tous rencontrés, rien que des hommes très convenables qui savaient remercier leurs hôtes. B. était riche à l'époque, comme toute la Roumanie. Ça, les jeunes ne le savaient plus aujourd'hui. Ils étaient tous embrouillés par l'Occident, l'ennemi capitaliste. Et par les traîtres d'ici, les ennemis de classe, ces boyards qui, depuis le début de notre histoire, avaient détruit l'ordre établi, c'étaient eux, aussi, qui avaient tué le valeureux prince Vlad Dracula, on le savait.

Avec le grand camarade Misiuga et quelques autres haut placés, Sabin était allé au cimetière un jour, sur la tombe. Le camarade Misiuga avait un projet de Dracula-Park à l'époque, et il tentait d'obtenir l'autorisation en haut lieu. Ça ne pressait pas, on avait le temps, et puis tout à coup on n'avait plus eu le temps, avec ce coup d'État, car ce qui s'était passé, Sabin ne pouvait pas appeler ça une révolution. Mais ensuite c'était ce camarade Agathon qui était devenu ministre du tourisme et avait repris le projet de Dracula-Park. Sauf que c'est à Sighisoara qu'on voulait l'implanter, ou à Sibiu, et non ici. Dans ce projet-là, l'endroit où se trouvait le tombeau de Dracula n'avait plus d'importance, on pouvait le reconstruire ailleurs sur le même modèle, disaient-ils.

Mais des protestations s'étaient élevées à Bucarest, des étudiants avaient protesté contre l'abattage d'arbres centenaires pour le parc et argué qu'on allait abîmer les vieux cœurs de ville, puis les popes s'y étaient mis aussi, un Dracula-Park allait attirer les satanistes de l'étranger… Finalement le projet avait été abandonné, et l'argent des actionnaires s'était perdu dans la nature. Sabin eut un petit rire de joie maligne.

Mais lui n'avait jamais renoncé à son rêve de Dracula-Park – de Dracula-Park à B. ! Vlad Dracula était enterré ici, c'était un héritage de notre histoire, une histoire que Sabin connaissait très bien. Il avait été un national-communiste de la première heure, avait « empalé » les ennemis du pays et les ennemis de classe, les voleurs, les parasites, et fait régner l'ordre avec une sévérité de bon père de famille. Dracula leur appartenait, pourquoi d'autres auraient-ils dû en tirer profit ?

Et il lui était venu l'audacieuse idée de déposer Traian sur la tombe du prince Dracula comme s'il avait été exécuté. Puis de faire comme si on venait juste de découvrir que c'était le tombeau du prince.

– Mais pourquoi Traian aurait-il dû être exécuté ? demandai-je, et la question mit Sabin en joie.

Parce qu'ici on avait toujours su que c'était un vaurien ! Déjà ses parents se promenaient en guenilles, et son père avait été licencié de la fabrique de tissage autrefois, à l'époque du communisme où l'on ne pouvait pratiquement licencier personne. Mais celui-là était irrécupérable, il ne faisait que boire et chaparder, et n'avait aucun respect pour les autorités. Et son gamin gardait les oies nu-pieds et piquait les pommes dans les jardins. Un garnement qui n'était arrivé à rien après dans la vie non plus. Un de ces types que le prince Dracula aurait froidement empalés.

Même à moitié décomposé il pouvait passer pour empalé, et avec la police et l'institut médico-légal il y avait toujours moyen de s'arranger.

Un des Autrichiens et un collègue du parti avaient aidé Sabin à déposer ce cadavre horriblement puant sur la tombe de Dracula. Ils l'avaient fait de nuit, comme une bonne blague entre hommes, et d'un autre côté aussi par humanité : de cette façon personne ne saurait que Traian s'était suicidé, il pourrait avoir un enterrement chrétien.

Et on pourrait enfin construire ici ce Dracula-Park dont deux ministres du tourisme avait déjà caressé l'idée – mais ici à B. et pas à Sighisoara ou à Sibiu qui étaient toujours favorisées par Bucarest, de toute manière.

Et ensuite ? Qu'en était-il d'Arina, la femme de Traian ?

Celle-là, c'était une hystérique, dit Sabine, une femme qui ne faisait que crier et qui accusait tout le monde du meurtre de son mari.

Elle avait dû entendre parler de Traian dans le journal, elle travaillait à Bucarest ces derniers temps, disait-on, et elle avait aussitôt rappliqué ici. Elle avait fait un foin incroyable, prétendant qu'on avait tué son mari, et accusé Ata et Sabin, Dieu sait pourquoi.

Ensuite elle avait disparu, sans laisser de trace.

– C'est tout, dit Sabin.

Nous nous fîmes face un moment en silence.

– Dites-moi, demanda-t-il, nous sommes en train de rêver ?

– Même si nous rêvions, m'écriai-je, tu n'en expieras pas moins la mort de Traian.

XXIV

La lumière salvatrice

Je planais à plat ventre au-dessus de B., tenant par le col Sabin, qui, lui, se cramponnait à mon bras.

– Regarde en bas, regarde, lui disais-je, regarde un peu ce que tu as fait !

Il avait gardé les yeux bien fermés au début, et maintenant qu'il les avait ouverts, les larmes roulaient sur ses tempes, J'ignore si c'étaient des larmes de repentir ou des larmes de peur, ou si ses yeux pleuraient à cause de l'air que nous déplacions en volant. La longue mèche de cheveux qu'il plaquait sur sa calvitie flottait librement dans l'air.

Il avait cessé de geindre ou de m'implorer de le poser au sol. Il se contentait de s'agripper solidement à moi.

Au-dessous de nous, B., misérable, les ruines, les chemins tortueux, la vieille fabrique de tissage, la décharge d'ordures dans la forêt.

– Regarde en bas, criais-je, regarde !

– Oui, disait-il, je regarde.

Quant à savoir si c'était le mal qu'il avait fait qu'il déplorait ou le jugement qui l'attendait…

Il méritait de périr sur le même pieu que son fils, et de la table de notre jardin je me repaîtrais de ce spectacle, fulminais-je.

Mais alors que je naviguais au-dessus de la forêt et que le jour se levait peu à peu, quelque chose advint. Peut-être était-ce la lumière qui dissipait la brume, ou les arbres au-dessous de nous, qui regorgeaient d'ombre et de lumière. Un oiseau chanta. Quelle sorte d'oiseau était-ce ? Et Sabin pesait sur mes bras, je baissai les yeux et vis qu'il s'était assoupi.

Quelques jours plus tard, les journalistes réapparurent à B., des histoires de crime organisé et d'émigrés en contact avec la mafia sicilienne se répandirent, ainsi que des rumeurs sur Dracula et les satanistes.

Le village fourmillait d'un tas de gens, sur la pente de notre route s'alignèrent les kiosques en tôle qui vendaient des casse-croûtes, des cartes postales des environs et toutes sortes de petits souvenirs.

J'allai dans la forêt, bras dessus bras dessous avec Yunus, passai devant la vieille fabrique de tissage et poussai jusqu'à la rivière. Là aussi des gens s'attardaient, des touristes en quête de quelque chose à photographier, des fleurs, des champignons, Dracula.

À l'endroit où la rivière fait un coude et où se forme comme une petite mare, j'aperçus Sabin. Assis au milieu de quelques jeunes femmes qui riaient et s'écriaient de temps à autre « awesome », « This is awesome ! ».

En nous approchant, nous vîmes un chien qui nageait dans la mare. C'était un setter noir et blanc, un chien d'arrêt. De temps à autre Sabin lui jetait une pierre dans l'eau.

Le chien nageait alors vainement après la pierre qui coulait et qu'il ne pouvait ni trouver ni rapporter. Tout le monde riait, Sabin plus fort que les autres, en bafouillant, il était saoul.

Mais il y avait aussi sur la rive ce bâton blanc sans écorce. Je le ramassai et le lançai sur l'autre rive. Le chien sauta hors de l'eau et disparut dans les fourrés. Peu après il revint me rapporter le bâton, il n'avait pas du tout peur de moi.

Comment ai-je cessé d'être un vampire, je l'ignore. Je me rappelle avoir dû consoler mademoiselle Sanda, un jour où Geo l'avait grossièrement agressée, en lui reprochant d'être un esprit primaire, toujours avide de rapporter les malheurs d'autrui. Elle avait tenu à nous narrer l'horrible mort d'Ata. Mademoiselle Sanda qui faisait grand cas de Geo, elle avait toujours eu un petit béguin pour lui, chuchotait Ninel, s'était réfugiée dans le jardin. J'allai m'asseoir à côté d'elle sur le banc sous les lilas et tentai de la réconforter.

Toute sa vie elle n'avait fait que penser aux autres, n'avait fait que veiller sur Mamargot et notre famille… Le moment était peut-être venu de s'accorder un peu d'attention. Je lui parlai de l'art de l'autoportrait, du peintre qui se regarde dans le miroir, et des spectateurs du tableau qui ont alors l'impression que c'est le sujet peint qui les regarde. Alors qu'il regardait dans le miroir ! Personne n'en voudrait à quelqu'un de se regarder dans le miroir et de réfléchir à soi, au contraire. Cela incite les autres qui se sentent regardés à réfléchir aussi à eux-mêmes. C'est tout un art de vivre et la meilleure manière de célébrer la vie que de prendre plaisir à se voir soi.

En disant cela, j'éclatai en sanglots enfantins. Et j'entends encore cette bonne demoiselle Sanda m'encourager : « Allons, allons… »

Quand nous nous sommes levées, en sortant de l'ombre des lilas nous avons été surprises par le couchant, le jardin baignait dans la chaude lumière rougeoyante du crépuscule.

Dans la vitre de la fenêtre ouverte j'ai vu notre reflet à toutes deux.

Table

L'auteure remercie la Ville de Zurich, la Fondation UBS ainsi que la Fondation Landis & Gyr de l'aide généreuse qu'elles ont fournie pour permettre l'écriture de ce livre.

Ceux qui ne meurent jamais
a été achevé d'imprimer en France
par La Nouvelle Imprimerie Laballery
en juin 2023
Pour le compte de
Les Argonautes Éditeur,
Saint-Germain-en-Laye.

Nous nous engageons pour la protection
de l'environnement et une
production française responsable.

Ce livre a été imprimé en France, sur un papier certifié issu de forêts
gérées durablement, chez un imprimeur labellisé Imprim'Vert,
marque créée en partenariat avec l'Agence de l'Eau, l'ADEME
(Agence de l'Environnement et de la Maîtrise de l'Énergie)
et l'UNIC (Union Nationale de l'Imprimerie et de la Communication).

ISBN : 978-2-494289-20-8
N° d'édition : 005
N° d'impression : 304327
Dépôt légal : août 2023